杏林小記

杏林子

在我們仰望的穹蒼之上
——各界對杏林子的讚譽

李家同：

劉俠女士的確是一位非常值得我們同情的人，但她並沒有一直在爭取社會對她的同情，她所爭取的是社會對所有弱勢族群的關懷。她所希望看到的，是社會上一種悲天憫人的情懷。

席慕蓉：

劉俠對我們每一個人都有影響，而且這影響應該不會隨著她的過世而消失，她是月亮，無論是缺是滿，那穩定和堅實的本質永遠都會在我們仰望的穹蒼之上。

孫越：

劉俠每天與疼痛為伍，不為自己叫苦，卻有比常人更開朗的個性，不以負面的角度看待挫折。她不曾為自己爭取過什麼，常以寬容、饒恕的態度，看待許多發生在己身的事；但是，對於弱勢團體遭受不公平的待遇，她總是帶頭呼籲，極力抗爭，希望透過些微力量，為他們爭取適當的尊重與公義。

周聯華：

劉俠，當你第一眼看到她的時候，她是一個脆弱的女孩子，怎麼都看不出來，未來會是一位堅強的鬥士。我看著她從家裡出來，看著她坐辦公室，看著她扛起責任來；從幼小的伊甸，成為茁壯的基金會。她為殘障同胞呼籲，為弱勢者耕耘；她每天都面臨死亡的威脅，卻也天天與死搏鬥，直到最後一刻。

嚴長壽：

二十年來與劉姊往來，她脆弱的身體裡隱藏著的堅強的心靈，永遠給我最大的激勵。不只是傷殘同胞，我想，任何知道劉姊的人，都可以從她身體上體會到生命的真正意義——無私的愛與無止的付出；而這些，絕對是超越形體的。

劉墉：

劉俠留給我們的是她的積極、無私與達觀。

劉俠是留在我們心中的「一代女俠」。

蔡文甫：

她一生不平凡的作為，時譽之為大時代的「俠女」，不向惡劣命運屈服的「鬥士」，誠當之無愧。她面對別人對她的少許援助，卻以語言、文字、行動，甚至以禮物表現她的感激之情；而她以生命和熱血，服務及關懷弱勢族群，卻絕不求回報。

目錄

002 在我們仰望的穹蒼之上
——各界對杏林子的讚譽
011 不能說再見的地方
——寫在《杏林小記》印行50版之前
015 長期抗戰
018 第一特獎
021 老兵不死
024 廣州街上
027 針痕
030 風流醫生俏病人
032 勞軍
034 醫院關門

036 林太太
038 蓮　蓬
040 病人鬥法
042 0型人
044 十二點五分
046 病人的樣子
048 大夫的笑臉
050 骨髓穿刺
052 病油子
054 人性實驗室
056 將軍哭了
058 夫婦之愛
060 生死之間
062 仙丹妙藥
065 病房中

067 彭班長
069 不要撒嬌
072 老年病人
074 開刀大典
076 台上台下
078 兒子凶手
081 大人出巡
083 選　擇
085 桃花盛開的時候
087 神農氏
089 鐵沙掌
091 怪　夢
093 為誰而活
096 大大夫
099 中國崔姬

101 羅曼蒂克
103 毒 人
105 不是作家
107 手 稿
109 生命與世界
111 小丑的面具
113 屍 變
115 功 夫
117 平凡的人
119 救護車上
121 哭鐵面與笑鐵面
123 人與貓
125 小么妹
127 名病人
130 職業訓練

133 喜樂的心
137 書的王國
140 心 囚
143 留 學
146 小學士
149 無心之人
152 人生如戲
155 辦年貨
158 香 灰
161 同病相惜
163 老俠與小俠
166 三輪車之戀
170 生命之旅

172 後記

特載

175 生命・如奔湧的泉水　薇薇夫人

181 推動搖籃的手　季季

186 生命的歌唱就是一種福音　張拓蕪

190 本書相關評論索引

不能說再見的地方

——寫在《杏林小記》印行50版之前

病了卌四年，幾乎已經無法想像不生病的自己是個什麼樣子。十餘年來，儘管每日仍須服藥不斷，但關節病已在小心控制中，未曾繼續惡化。醫生見我「行為良好」，特別允許「假釋」在外，不想去年春天，至今，短短不到一年時間，接連三場大病，又給醫生逮回去，坐了兩次「病監」。

醫院，可以說是社會的縮影，小小一張病床其實就是人生舞台。生老病死，悲歡離合、愛恨恩怨不斷交替演出。生和死同時進行，歡笑和眼淚可以並存，你感受到生命的脆弱和無奈，也能體會生命的毅力和堅忍，很多時候，你看到人世間最殘酷無情的一面，也發現溫馨感人的一面。

一位年輕人深夜騎著摩托車下班，半路上被一輛大卡車撞倒，卡車司機擔心要負擔龐大的醫藥費，乾脆一不做二不休把他輾死算了，輾死頂多是「過失殺人」，刑責很輕。於是把車後退，再度向受害人身上壓過去，受害人連爬帶滾，逃到路邊，卡車仍然緊追不捨，連撞三次，非要置之死地而後已。幸虧一輛路過的計程車司機見義勇為，把卡車攔了下來，可惜這位年輕人已經被撞得奄奄一息，脊椎骨折斷，造成下半身終生癱瘓。

這位卡車司機的泯滅人性令人憤怒，而且寒心。這類的故事聽多了，你會對所謂的人性發生懷疑，影響所及，人與人之間基本的尊重和信任就失去了，因為你永遠不知道，你好好坐在教室上課，是否會衝進來一個精神病，提著一桶硫酸朝你頭上潑過來；你也不知道走在馬路上，那個笑嘻嘻迎面而來的行人，是否會突然掏出刀片對準你的臉畫上一刀？如果我們一直生活在恐懼和不安全的陰影下，如果你對四周的每一個人都滿懷戒心的防範著，這實在是人類最大的悲劇。

好在還有另外一類故事。一位七十餘歲的孤老太太，無親無靠，原本為人打掃清潔，賺取一點微薄的生活費，租了一間小小的木板屋，倒也尚能自食其力。不想幾年前突然中風，癱瘓在床，沒有收入，也沒有勞保，社會局補助的那點錢連看病坐計程車都不夠。最糟糕的是身邊沒有一個親人可以照顧她，房東夫妻於心不忍，只好一肩擔起這副擔子，給她送茶送飯，抹身洗衣。夫妻倆有五個孩子，食指浩繁，還要養這麼個病老太太，有人建議他們為什麼不送去安老院。

「問過了呀！八里安老院、廣慈博愛院等處都只收行動方便、可以料理自己生活的老人家！」

那到底要養到什麼時候呢？他們也不知道，既未見操心，也不見埋怨。「大家將就著過吧，總不能眼睜睜看著她餓死吧！」或許您會說，在這個社會，這樣的人已經是鳳毛麟角了，可是，只要這樣的人還存在一天，我們對這個世界就沒有理由絕望。

對於一個過於功利的人，生命的生死無常可以冷卻他對功名利祿的熱衷；灰心沮喪的人，可以從那些至死都不肯妥協的人身上，體會生命的莊嚴和可貴；逐漸冷漠剛硬的現代人心，也會因著點點滴滴的人情味而變得溫柔可親。

出院的時候，同房的病友和護佐們都一再「提醒」說：「走的時候千萬不能說再見哦！」其實，當生命走到終點時，還是免不了要回來報到。問題是出去與回來之間的那段路怎麼走？

醫院，永遠是一個讓人沉思、啓發和重新得力的地方。

杏林子寫於一九八八年六月

編按：一輩子與病痛爲伍的杏林子，在她生病二十五週年時寫下《杏林小記》，將她與病魔奮鬥的歷程、醫院中所見所聞，化成一篇篇動人的小品文，也鼓舞許多同爲病痛所苦的朋友。

《杏林小記》從一九七九年初版至今，已歷四十年，受到各界歡迎，再版連連，更爲台灣、香港等地學校指定課外讀物，感動不同世代的讀者，一同體會書中對生命的熱愛。

爲紀念《杏林小記》出版四十週年、銷售三十萬冊，九歌特別重排精印，希望藉此讓更多讀者感染杏林子對生命的熱愛。

長期抗戰

這一天，是民國四十三年七月七日，正是我國對日抗戰紀念日。如同蘆溝橋響起第一聲莊嚴神聖的槍聲，在我的生命史上，也展開一場與病魔無止盡的奮戰。

初病開始，先是左手臂痠痛。那時么妹剛剛出生，家人都以爲我抱她累的，不以爲意。同時正值初中聯考前緊鑼密鼓的階段，誰也沒有精神注意這點小事。

漸漸地，左腳也開始疼痛，腫得像個大麵包，每天拖著痛腳一瘸一拐地去上學。父母發現情況不對，就請了位小兒科專家看。這位大夫名氣甚大，平日十分倨傲，不知他是「瞧」不起我這點小毛病，掉以輕心，還是虛有其名，竟診斷我得的是腳氣病，嚴重缺之維他命乙，要我三餐以米糠代飯。可憐我嬌生慣養了十二年，怎麼吃得下這種「豬食」？母親把糠磨成粉，烘焙成圓形小餅，我咬一口就淚汪汪。

父母又連忙換了位大夫看，卻又診斷我是腎臟炎，不准我吃鹽。無鹽的飯和糠餅同樣難以下嚥。我每天上飯桌就好像受刑一樣，愁眉苦臉，心寒膽怯！

我從小身體就不好，先天不足，後天失調，加上惡補的疲勞轟炸，透支體力，肇下病因。生病也和打仗一樣，講究的是制敵機先，速戰速決。哪曉得這兩位「狗頭軍師」誤判敵情，一錯再錯，終於使得「敵人」坐養壯大，一發而不可收拾了。

至此，我只剩下一把皮包骨和一口氣了。父親見事態緊急，請了假，帶我到台北陸軍總醫院就醫（即現在三軍總醫院前身）。那天陸總正好放假，就轉到隔壁的中心診所掛號。當時小兒科主任是張先林大夫，當場先把父親罵了一頓，罵他爲什麼把我拖成這個樣子。父親一句話也不說，眼淚直流！經過張主任的詳細檢查，終於確定我得了一種罕見的「類風濕關節炎」。當即把我「扣留」，下了手諭，立刻住進了陸總的小兒科病房（兩邊大夫互兼），從此「以院當家」。

這一天，是民國四十三年七月七日，正是我國對日抗戰紀念日。如同蘆溝橋響起第一聲莊嚴神聖的槍聲，在我的生命史上，也展開一場與病魔無止盡的奮戰。

第一特獎

二十多年前，類風濕的病例非常罕見，有位醫生竟開玩笑地對父親說：「你真好像中了第一特獎啊！」父親只有苦笑，誰能了解他心中的酸甜苦辣呢！

類風濕關節炎（Rheumatoid arthritis）顧名思義，就是類似風濕而又不是風濕。

它的徵狀是破壞關節的軟體組織，形成四周肌肉萎縮和梭狀變形，關節有持續性的劇痛、發燒、紅腫，並且引起僵化強直和周轉不靈。得病的關節往往是對稱型，就是左右膝，或是左右腳一起發作。而我的例子又比較特殊，是交叉型，比如左肩右肘左手，或是右髖左膝右腳，我美其名曰「花式」。人家不是有花式溜冰、花式操槍什麼的？我從小花花，喜歡標新立異，生個病也「不同凡響」！

這個病以女性患者居多，眞不知什麼道理，專門和女人過不去（如果病也分陰陽的話，它一定屬「陰性」，同性相斥嘛！而且在所有的病症中，類風濕是出了名的難以捉摸）。

對於類風濕關節炎的起因，截至目前爲止，醫學界仍是一個謎。有的醫生認爲是新陳代謝的功能出了問題，有的說是一種濾過性病毒，還有人說病源是藏匿在牙齒或扁桃腺等地方。最近，更聽到一種新奇的說法，說是人體內產生一種抗體，把自己的關節當成「敵人」一樣排斥。傳說紛紜，不一而足。但都沒有得到醫學界一致的證實和認可。

正因爲查不出病源，也就無法「對症下藥」，所有的藥都僅限於消炎和止痛的作用，不能根治。但保持關節的運動、熱敷、水療等，都有助於病情的溫和穩定。我的醫生曾說：「妳的病，不退步便是進步！」

二十多年前，類風濕的病例非常罕見，（不知爲什麼，現在這種病越來越多了，難道也屬於「文明病」？）有位醫生竟開玩笑地對父親說：「你眞好像中了第一特獎啊！」父親只有苦笑，誰能了解他心中的酸甜苦辣呢！

我一直後悔，當初，眞該去買一張獎劵的。

老兵不死

當年的小兵早已長成老兵，面對炮聲隆隆，殺聲震野，也能顧盼自得，談笑風生。二十五年來，雖然傷痕累累，損失慘重，卻餘勇可賈，奮戰不懈！

從前，在父親的部隊裡，常常看到一些小兵，他們大都是逃難出來的農村子弟，無家可歸，就跟著部隊走，補一個名字。

小兵實在小，有的只有十幾歲，鼻涕都擦不乾淨，穿著寬大的軍服，上衣垮到膝蓋上，褲管捲了又捲，鋼盔頂在頭上像面盆，拖著一根比人還高半截的槍。炮聲一響，就兩腿發軟，屎尿齊流，哭著喊媽了。

在人生的戰場上，我就是這樣一名小兵，剛滿十二歲，身高一百卅公分，體重二十七公斤，一直生活在無憂無慮中。突然之間，一場劫難，逃都逃不掉，就懵裡懵懂地給逼上了戰場。

戰場上，炮火連天，血肉橫飛，小兵面對著強大的敵人，膽戰心驚，張皇失措，除了哭，還能幹什麼呢？但是哭過之後，發現仗還是得打，別人充其量只能後勤支援，衝鋒陷陣仍必須靠你自己。於是，小兵一咬牙，把臉一抹，衝呀！敗了，再衝，敗了，再衝……

就這樣，槍林彈雨，生裡死裡，小兵成了百鍊成鋼的勇士，不畏苦，不怕難，不退縮，不投降，他了解對付苦難最好的方法不是逃避它，而是衝上去擊敗它！

蔣百里將軍說得好：「不論勝也罷、敗也罷，就是不能同敵人講和。」有這樣的氣概和膽識，人生還有何懼？

如今，當年的小兵早已長成老兵，面對炮聲隆隆，殺聲震野，也能顧盼自得，談笑風生。二十五年來，雖然傷痕累累，損失慘重，卻餘勇可賈，奮戰不懈！

歲月長青，老兵不死！

廣州街上

我仍然不時懷念那條被我們踏過千百回的老街，以及老街上的老醫院。醫院裡的一草一木，都是我所熟悉的。

在台北住了十七年，若是問我們最熟悉哪一條馬路，一定會異口同聲地回答：「廣州街！」在那條街上，有一座全國首屈一指的軍醫院，它曾改了好幾次名字，陸軍第一總醫院，八〇一總醫院，最後改爲三軍總醫院。幾年前，因原址不敷使用，遷到水源路現址。

由於父親是軍人，我生病後，就理所當然的做了它的常客。前後十幾年中住了七次醫院，加上幾乎每星期一次的門診，那條路我們熟得閉著眼都能摸到。

以前，病房都是圓形鐵皮屋頂，夏天像烤箱，冬天像冰庫。病房也沒有紗窗紗門。每天晚上，看護班長在屋子中間拉根繩子，把一頂頂草綠色的軍用蚊帳掛好。早上六點就來收，疊得四四方方的，搭在床頭上的「丁」字形鐵架上。

早先眷屬病房和男病房都在一起。後來人數太多，住不下，就在右側靠街的地方蓋了座四層樓的軍眷醫院（現在的和平醫院），鋁門窗，磨石子地擦得晶亮，一塵不染，比起舊病房來，可真是漂亮舒適多了。坐在四樓窗口，就可以望見中華路的霓虹燈火，再不遠就是西門町，車如流水馬如龍，對病人是種很大的誘惑。症狀輕的病人，就晚上常常溜出去逛一逛。

有那腳力好的，就向右拐，遠征水源地。民國四十幾年那裡一片荒涼，河灘地上蓋了許多簡陋的茶棚子和歌廳，一到夜晚，摩肩接踵，喧嚷熱鬧。我也去玩過一回，只記得有個歌星叫「高曼麗」。如今則早已風流雲散，無跡可尋了。

父親退役後，我也轉到榮民總醫院看病。但我仍然不時懷念那條被我們踏過千百回的老街，以及老街上的老醫院。醫院裡的一草一木，都是我所熟悉的，我知道開刀房在哪裡，也知道太平間在哪裡；還有中山堂、福利社、籃球場、荷花池、水療室、大伙房……當然，還有那座有名的「紅樓」，它一度是護士宿舍。每天傍晚，總有許多傻小子在門口徘徊，「夢斷紅樓」。

記憶最深的是那口急診時呼喚大夫的老鐘：「噹！噹！噹！」「噹噹！噹噹！」「噹噹噹！噹噹噹！」「噹噹！噹！噹噹！噹！」每一科都有不同的敲法。鐘聲一響，就看見大夫們賽百米、打衝鋒了。不知為什麼，我總喜歡把那口老鐘和教堂的鐘聲聯想到一起。

針痕

剛開始時，大夫還很輕鬆，有說有笑，沒想到接連一針又一針的「失敗」，連大夫也失去信心。

在我右手腕的側方，仔細看的話，會發現一堆密集的小白點，那全是針痕。

我從小缺乏運動，雖然瘦，血管卻不明顯。生病之後，有些關節腫脹，有些關節又彎曲無法伸直，因此，住院八次，門診幾百回，每遇到需要靜脈注射或抽血的時候，醫生就會瞪著我白胖胖的手臂，搖頭嘆息。

每次看到他們舉著針管一戳再戳，手都捆得發痲了，就是找不到那可憐的血管時，我心中也不免感到無限的歉疚，總要熱心地幫著四處探勘一番。等好不容易看到針管冒出一縷血絲，我和大夫都會大大地舒一口氣。

偶爾，在極難得的情況下，一針下去，血水直冒，我就會樂得連忙恭維大夫：「眞是一針見血啊！」大夫也嘿嘿一笑。

有次，爲了做血糖反應，必須在一個鐘頭內連抽五次血。年輕的實習大夫在我的胳臂和腿上四處尋找血管，有時明明看到也摸到，但針頭在皮下左翻右找，硬是不見了。有的血管又太細了，只抽一、二CC就抽不出來了，於是又得重找地方。

剛開始時，大夫還很輕鬆，有說有笑，開玩笑說，如果多戳我一針，就多請我吃一個滷蛋。沒想到接連一針又一針的「失敗」，連大夫也失去信心，我只見他滿頭大汗，又急又累，拿針管的手都在發抖。我只有忍住痛安慰他：「不要緊張，慢慢來！慢慢來！」前後花了兩個半鐘頭，最後總算大功告成。大夫抱歉地對我說：「明天我請妳上福利社吧！」我也抱歉地對他說：「還是我請你吧！」

大夫走後，我數了數身上的針痕，竟有廿三個之多，創下病史上的最高紀錄。

風流醫生俏病人

在那裡，我消磨了最寶貴的青春年華，從一個小女孩長大，而當年那些小大夫也都熬出了頭，做了主治醫生或主任。

小大夫，通常都是指實習大夫和住院醫生。他們是醫院的基層人員，也是病人最熟悉、最親切的人物。大大夫可能一星期或三五天才查一次房。唯有小大夫，整天都在病房內進進出出，不必打電話也會來。

要區分大大夫和小大夫最容易的方法就是看他們的制服。小大夫穿的都是白色短上裝，但兩者之間也稍有不同，老病號一看便知。至於總醫師、主治大夫、主任級的大大夫，則都是白長袍，很神氣，也很威風。小大夫起碼要熬個七年八載，才有資格穿。

總醫院的實習大夫，都是國防醫學院的學生，都很純樸可愛。他們每個月換一科實習，月底交班，可真雞飛狗跳，熱鬧得很。由於學生少，病人多，如果輪到大科（如內外科），往往一個人要負責二、三十張病床，累得連睡覺的時間都沒有，只能偷空在護理室的長凳上打個盹。

那時候，檢驗的設備和制度都不完備，所以，病人驗血、大小便等，都是小大夫的工作。只見他們胸前常常插滿了紅的、黃的玻璃試管，口袋裡大的、小的糞盒子。他們工作多，責任重，很少消消閒閒走路，都是連跑帶跳，一路叮叮噹噹，一股怪風。

在那裡，我消磨了最寶貴的青春年華，從一個小女孩長大，而當年那些小大夫也都熬出了頭，做了主治醫生或主任。見了我，他們會像老朋友似的熱絡：「妳怎麼又來了？」我就開玩笑地說：「沒辦法，已經賴上你們了！」彼此哈哈一笑，盡在不言中。

勞軍

你若不是病得死去活來，奄奄一息，
醫院其實也是個很有趣的地方呢！

沒聽過誰生病住院不花醫藥費，反而要倒賺幾文的。我就遇到這種好事。

父親是軍人。我以軍眷身分住院，除了伙食費，其他一概全免。由於軍醫院住的絕大部分都是捍衛國土、勞苦功高的將士們，每逢喜慶佳節，大大小小的官員、民間團體、演藝人員，少不得都要勞軍一番。既是勞軍，總不能空手而來吧！於是吃的、喝的、用的、玩的，外帶一個大紅包。我們軍眷也無功受祿，跟著沾光，人手一份。

每年三節，軍友總社一定會來看我們，帶著應節禮品和慰問金。這天，總統也一定會犒賞三軍，每人一個紅包。錢雖不多，卻代表著他老人家勤政愛民、關懷三軍的一番心意呀！

雙十節前夕，蔣夫人也總是陪著各國使節夫人到軍醫院慰問傷患官兵，除了一大包禮物，也有紅包可拿。她們都會到病床前噓寒問暖一番，親切感人。我至今見過不少大人物，全是在醫院裡。

我們也很歡迎影歌星們來。他們不僅帶慰問品，還表演歌舞給我們看。只是有的影歌星喜歡亂出風頭，故意戴起護士的帽子，拉著病人的手裝模作樣地量脈搏，好讓記者的鎂光燈閃個不停。有一回，我忘了是鍾情還是誰，按了半天脈搏，忽然嬌聲嗲氣地叫起來：「哎呀！怎麼搞的嘛！人家找不到他的脈搏嘛！」敢情她摸錯了邊，摸到手腕的外側去了。絕的是那位病人也不吭氣，差點沒把人笑死！

你若不是病得死去活來，奄奄一息，醫院其實也是個很有趣的地方呢！

醫院關門

X光室的大夫，一見我去照相就發愁。那時候，軍醫院的經費也不寬裕，每月的X光片也有一定的配額。光我這一個病人，花了半天時間不說，最教大夫心疼的是消耗的X光片太多。

這年頭，窮人是生不起病的，而又偏偏多病。我比別人幸運的是父親是軍人。以軍眷身分住院，除了繳少許的伙食費，其他一切的檢查治療，沒有花一毛錢。

十幾二十年前，照一張大型的X光片，要八十元。而我每次做全身關節大檢查，總是要從頭蓋骨一直照到腳趾頭，每個關節又都要照正側兩面，全部照下來少說也要三、四十張X光片。這要在普通醫院，收起費來，我父親兩個月薪水都不夠。

因此，X光室的大夫，一見我去照相就發愁。那時候，軍醫院的經費也不寬裕，每月的X光片也有一定的配額。光我這一個病人，花了半天時間不說，最教大夫心疼的是消耗的X光片太多。

有一次，小看護兵來來回回往倉庫跑了七八趟，才領夠我需要的片子，累得他上氣不接下氣。而那位大夫在無可奈何之餘，竟幽了我一默：「每個病人都像妳這樣照法，我們醫院就關門了呀！」

我只有歉然一笑，欲說無語。

林太太

年事漸長，閱歷漸深，我才了解許多時候歡笑是為了掩飾痛苦。只因我那時太年輕，年輕得不曾體會一點人世的辛酸。

那一年，我十八歲。

第四度住院，斜對面病床住了一位林太太。她得的是肝硬化，已經到了末期，整個身子蠟黃浮腫，肚子像面鼓，隔兩天醫生就要爲她抽次腹水。

她有四個女兒，常爲沒有兒子，不能給林家留下香火而耿耿於懷。

每天大弟到醫院給我送飯，她總會愣愣地把弟弟看半天，然後嘆息一聲，轉過頭流淚。

她住院之後，除了大女兒在大鵬劇校外，其他三個都送進了育幼院。她的先生乾脆也以院當家，下了班就直接到醫院來，晚上就打地鋪睡在太太的病床下。

他戲稱這是他的私人公司，每天晚上必須來向他的董事長報到，加夜班。我從來沒有看到這樣寶氣的人，太太病得那麼重，居然還有閒情逸致和護士小姐嘻嘻哈哈，窮吃豆腐。我們沒事也喜歡拿他尋開心，他也不以爲意。

他的太太拖了兩個多月，還是死了。他到病房來收拾遺物，我開玩笑地對他說：「這下好了，你的公司倒閉了，以後再也不用來上班了！」他默無一言。後來聽說他曾到對面一位老太太面前哭了一頓。

年事漸長，閱歷漸深，我才了解許多時候歡笑是爲了掩飾痛苦。只因我那時太年輕，年輕得不會體會一點人世的辛酸。

蓮蓬

十餘年後，我再度住院時，重臨舊地，卻發現荷花池早已經填了，蓋了外科教室。那荷花，那蓮蓬，那童年的夢幻，早已湮沒在夏日煙雲中了。

第一次住院，只有十二歲，住的是小兒科。儘管腳痛得一瘸一跛，仍然不甘寂寞，每天中午，總要趁著大家午睡休息時，偷偷帶著同房的小病友到醫院四處漫遊。

我們最喜歡去的地方就是荷花池。倒不是附庸風雅，欣賞荷花，而是看上了那些肥碩碩的大蓮蓬。我們折一段「V」字型的樹枝，倒綁在竹竿上，向池中一勾，蓮蓬就應聲而斷，然後用工友掃草地的竹耙子撈起來。剛剛出水的蓮蓬，別提有多好吃了，又甜又嫩，清香無比。有時吃不完，也會帶點回去給醫生叔叔、護士阿姨吃。第二天再溜出來時，他們也就睜隻眼閉隻眼了。

荷花池緊連著手術室。那些小大夫嚇唬我們，說是開刀鋸下來的胳臂腿全扔在池子裡，所以蓮蓬才會養得那樣肥大。我們半信半疑，仍照吃不誤。

十餘年後，我再度住院時，重臨舊地，卻發現荷花池早已經填了，蓋了外科教室。那荷花，那蓮蓬，那童年的夢幻，早已湮沒在夏日煙雲中了。而當年的小病人早已成了老病號，當年的小大夫也一個個「久年的媳婦熬成婆」，出人頭地，做了主任。有一位尚且留了鬍子，叼起菸斗。

醫院住久了，越發地感到生命的無常和無奈，也越發地熱愛和珍惜它。

病人鬥法

每次大夫來查房時，就會打開她的抽屜、櫃子，掀起枕頭被子，搜查「違禁品」。簡直比海關緝私還嚴厲。

有次住院，對面病床一位太太得的是心臟病，醫生禁止她吃鹽，但她就是忌不住嘴。開飯時，她總是先對著自己那一盤「無味」的飯大聲嘆著氣，繼而舉著筷子到每個病友桌前，在我們盤子裡撥撥撿撿。她是近視眼，幾乎把頭伸進菜中，眞怕她不小心把口水滴進去。她一面翻菜，一面央求著：「給我一點菜好不好？這個好好吃呀！」我們說：「不行啊！妳不能吃鹹的。」她連忙說：「沒關係，我用水沖沖就好。」有時煩她不過，只好給她一點。

但是她一吃鹽，就會水腫，常常腿腫得像蘿蔔，連路都走不穩，更嚴重時連氣都喘不過來。醫生一看她的樣子，就知道她又偷嘴了。每次大大夫來查房時，就會打開她的抽屜、櫃子，掀起枕頭被子，搜查「違禁品」。簡直比海關緝私還嚴厲。

而道高一尺，魔高一丈，眞好像玩「官兵捉強盜」一樣。有一天，大大夫居然在櫃子後面的旮旯裡搜出一瓶豆腐乳，全屋子的人都大吃一驚，嚇得不敢吭氣。只見大大夫一張臉變得鐵青，額上的筋直跳，狠狠地把豆腐乳往垃圾桶裡一摜，一句話都沒說，扭頭就走了。好半天，纔聽見她帶哭的聲音：「我只不過沾點水水吃嘛！」也不知是說給她自己聽還是說給我們聽。

O型人

害怕時，我也鼓勵自己：「O型人都是天生的勇者，什麼都難不倒的。」就這樣，一次又一次，我的膽量和勇氣不知不覺就給磨鍊出來了！

幾位年輕人在我屋裡聊天，無意中談到血型與個性的關聯。有個女孩問我是什麼血型，還沒等我回答，另一個就搶著說：「一定是O型，O型的人都很剛強。」

第一次知道自己的血型是在醫院裡。大夫剛剛抽了我十五CC血，正往試管裡注射。我抱怨他三天一小抽，五天一大抽，血都快給抽光了。大夫笑嘻嘻地顧左右而言他：「妳的血型是O型的啊！O型的人都很勇敢的喲！」

O型的人真的都很勇敢嗎？

才不呢！我從小膽子奇小，怕黑怕鬼，連隻小雞都不敢摸，只有在人多的時候才敢瘋一下，所以媽媽常譏笑我是「門背後的大王」（這是家鄉俗諺，意思是指只敢關起門來稱王稱霸）。

初病時，我纔十二歲。第一次離開家，爸媽都忙，不能常到醫院陪我，我只有獨自面對各樣稀奇古怪的檢查和治療，心裡又孤單又害怕，眼淚不知流了多少。但是，說也奇怪，自從我知道自己是O型血的人之後，每次想時，我就會安慰自己：「不能哭！O型人是不輕易流淚的！」害怕時，我也鼓勵自己：「O型人都是天生的勇者，什麼都難不倒的。」就這樣，一次又一次，我的膽量和勇氣不知不覺就給磨鍊出來了！

我發現，原來人也是可以自我改造、自我訓練的啊！

十二點五分

每在別人笑的時候，我卻一點也笑不出來。我總覺得那張溫和而略帶憂傷的面孔後面，負荷了許多我們不了解的重擔。

人的天性中似乎總有些虐待狂，喜歡把別人的不幸，當做玩笑的對象。

陸軍總醫院有位整形外科大夫，我不知他的姓名，只知道他有一個很突出的綽號：「十二點五分」。

那年，我住軍眷醫院，對面病床是位纔上中學的女孩。她小時因家中失火將面部燒毀，留下一大片醜陋的疤痕。她的主治醫生就是這位「十二點五分」。

第一天他來時，歪著頭將女孩的臉左右端詳了半天，然後又歪著頭走了，我們還以爲他脖子扭到筋了。以後看他每天這樣來來去去，才知他的頸部有毛病。問別的大夫，他們立刻心領神會地笑起來：「哦——那個『十二點五分』呀！」似乎全醫院無人不知，無人不曉。

聽說他是頸後的神經失去控制，就好像衣服的鬆緊帶鬆了一樣，頭就向一邊傾斜，無法伸直。也不知道哪一個缺德鬼給他取了這樣一個謔而又虐的綽號。

其實，這位大夫長得高大英俊，相貌堂堂，如果不是這點「毛病」，可以說得上一表人才。而他偏偏又是位整形外科大夫，這是不幸的巧合呢？還是他因爲自己的缺陷纔立志學醫去矯治別人的缺陷？

只是，每在別人笑的時候，我卻一點也笑不出來。我總覺得那張溫和而略帶憂傷的面孔後面，負荷了許多我們不了解的重擔。

病人的樣子

到底病人應該像什麼樣子，什麼樣子纔像病人，我仔細想了又想，還是想不出結論。

有個女孩上山看我，及至見了我，卻不時搖搖頭，說一句：「不像呀！」

說得我一頭霧水，忙問：「什麼不像呀？」

「妳一點都不像個病人。」

「在妳的想像中，病人都是什麼樣子？」我笑了，又問。

「我不知道，反正絕不是妳這樣。」女孩回答。

女孩走後，我想了很久，到底病人應該像什麼樣？是面色蒼白嗎？有人熬夜打幾十圈麻將下來，不僅蒼白，而且鐵青。是痛苦呻吟嗎？有人看似身強力壯，卻整天不是「空虛」，就是「迷失」，愁容滿面。是怨天尤人嗎？有人吃飽喝足之餘，卻批評這個，挑剔那個，彷彿沒有一件順心的事。是人生無望嗎？有人放著書不好好念，工不好好做，吃大麻，吸強力膠，酗酒賭錢，沉溺在聲色場中，醉生夢死，他們的字典中沒有「明天」。

到底病人應該像什麼樣子，什麼樣子纔像病人，我仔細想了又想，還是想不出結論。

大夫的笑臉

世上沒有一種藥比大夫臉上的微笑，和口中一句安慰鼓勵的話語，更能帶給病人信心和生之希望的！

有很多大夫我已經忘了他們的姓名，甚至長相，但忘不了的是他們臉上的笑容。初病時，爲了尋找病源，全身大檢查。輪到眼科，我不知道他們要做什麼，只知道他們在我眼睛裡點了一種藥水，很不舒服，而且將有幾天時間看不見。我很害怕，心裡有種莫名的恐懼，我會不會就此瞎了呢？我想，醫生一定從我臉上看到某些東西。

忽然，他笑了起來，認眞地說：「嗯！妳的瞳孔又黑又大，是我見過最美的一對眼睛了！」我的眼睛當然沒有他說的那麼漂亮，只是他的笑容消除了我的緊張感。

另一次，我兩腿動手術，左腳打進三枚不鏽鋼釘，石膏敷到大腿根，右膝的關節矯正拉直，吊了八磅重的鐵沙袋，整個身子一動也不動。我傷口又痛，脊椎骨像是要斷了，整夜都沒闔眼，我感到自己簡直就要崩潰了。

好不容易天亮了。大夫來查房，我正準備要開口抱怨了，只見他笑嘻嘻地伸出了大拇指：「了不起，我要頒妳一座最佳勇氣獎！」就爲了這句帶笑的話，我又勇氣百倍，痛苦可以忍受了。

你知道嗎？世上沒有一種藥比大夫臉上的微笑，和口中一句安慰鼓勵的話語，更能帶給病人信心和生之希望的！

骨髓穿刺

時間的巨輪總會輾過最崎嶇的日子，只要心理上有準備，不恐懼，不驚惶，你會發現任何苦難都承受得住。

做骨髓穿刺時，我害怕極了。

醫生說，要在我的骨頭上戳一個洞，抽取骨髓，化驗看看有沒有病菌隱藏。他端來一大盤刀剪器皿，森森寒光，「磨刀霍霍向豬羊」，我感到自己正像一隻待宰的小羊。

我渾身顫抖，牙齒「格格」顫得連我自己都聽得見。醫生在手上撲好滑石粉，戴好橡皮手套，然後俯身看著我，溫和、堅定，帶著一種足以讓人信賴的語氣：「有一點痛，但妳不要怕，一下子就過去了！」

他舉起針管，比媽媽的毛衣針還粗，我嚇得趕快閉上眼睛，只感到他在我胸口注射麻藥，接著就在胸骨上用力地鑽鑿，聽到刀剪碰撞的響聲。我不停地在心中念念有詞：「不要怕，一下去就過去了！不要怕，一下子就……」念著念著，忽然聽到醫生說：「好了，妳可以張開眼睛了。」

我還以爲要吃多大的苦頭呢！沒想到這麼輕易就過關了，簡直出人意料之外。以後我就學會了這「招」，不論遇到什麼事，我就對自己說：「不要怕，一下子就過去了！」

是的，時間的巨輪總會輾過最崎嶇的日子，只要心理上有準備，不恐懼，不驚惶，你會發現任何苦難都承受得住。

病油子

薑是老的辣，道行淺的小大夫，哪裡鬥得過這些老病油子。

當兵當久了，成了兵油子。同樣，生病生久了，也成了病油子。

有時候，那些新官剛上任的小大夫，不知深淺，想在病人面前擺擺威風，喳喳唬唬的，拿病人當小兵一樣吆喝，有些沒見識的病人確實給唬得唯唯諾諾，大氣都不敢喘一下。但是碰到病油子，才不甩你這一套呢！

有一回，小大夫叫病人留糞便。因爲留得太少，而把病人狠刮了頓鬍子，勒令再留，病人也不吭氣。第二天留了滿滿一大盒，沉甸甸的，還冒著熱氣，氣得大夫差點沒吐血！

另外一位老包更妙，大夫自己忘了來取糞便，卻怪他留的不夠「新鮮」。他一火大，趁著大大夫領嘍囉來查病房的當口，在那裡鬼哭狼嚎：「大夫，大便給你留好了，再不拿就發酵了。」一屋子三、四十人的眼光，全集中在小大夫臉上，直瞧得他面紅耳赤，恨不得一頭撞死。

還有一位，大夫叫他磅體重。他沒脫鞋，大夫罵他，叫他重磅。磅好了，大夫問：「多重？」他拉長了嗓子像唱歌似的：「嗳，那毛重六十八公斤哪——那淨重六十七點二哪——」大夫被他弄得啼笑皆非，氣也不是，罵也不是。

薑是老的辣，道行淺的小大夫，哪裡鬥得過這些老病油子。

人性實驗室

我仍然相信人性是善良的。或許它一時為無知、虛榮、自私、嫉恨等等掩蔽；然而，患難見真情，越是生死邊緣越見人性的光輝。

沒有一個地方比醫院更奇特了，同時濃縮了生與死、歡樂與痛苦、希望與絕望。每一張病床都是舞台，演不完的生老病死、悲歡離合。

一位貌美如花的服裝模特兒，因爲感情糾紛，被人潑了一臉硝鏹水，面目全非。她在極度的痛苦中，仍然勇敢地活了下去。她要證明，除了一張漂亮的面孔，她還有許多足以自傲、可以展現在眾人面前的才能。

一位父親，在女兒不幸因先天性心臟病去世後，在醫院裡設立了一張紀念病床，他把對女兒的愛和思念發揚光大，挽救了更多別人的女兒。

一位患有血癌，自知不久於人世的青年，每天拖著病體，到其他病房安慰鼓勵那些悲觀失望的病友，給他們打氣加油，要他們積極地面對人生，很多人就因此重又鼓起生之慾望。他像一隻燃燒到盡頭的蠟燭，仍努力地放出他的最後的一點餘光、餘熱。

一位叛逆的女兒，離家出走多年，當她得知母親爲思念她而病重，匆匆趕了回來，但已來不及見母親最後一面，她跪倒在母親的空床前，失聲痛哭，懺悔不已。

我仍然相信人性是善良的。或許它一時爲無知、虛榮、自私、嫉恨等等掩蔽；然而，患難見眞情，越是生死邊緣越見人性的光輝。也就因著這點，我對生命懷抱永不熄滅的希望和信心。

將軍哭了

我想，將軍畢竟是將軍。雖然他哭過、失敗過，但他仍然打了漂亮的一仗。

聽說，他是一位將軍，戰功彪炳，功在黨國。七十幾歲了，仍然給人勇猛威武的感覺，兩眼炯炯有光，雙唇緊閉，透出一股堅毅自信。他很少笑，也很少理睬四周的人。雖然，他也是病人，卻有種卓然不凡的氣質和無形的威嚴。

我們同在一間大理療室做治療，遠遠看到他，總生出無限的敬畏。想像中，彷彿在千軍萬馬中，在槍砲戰火中，在血肉橫飛中，他高踞在戰馬上，揮舞著指揮刀，衝鋒陷陣，身先士卒。他像一具戰神，代表著勝利和光榮。而今，歲月無情，將軍白頭，病魔也無情地折磨他。將軍得的是腦中風，有半邊身子都不聽他「指揮」。

物理治療是爲了幫助病人恢復身體機能，吃力而乏味，須要極大的毅力恆心。有天，將軍爲了練習一點動作，一再嘗試而不成功，氣得他大發脾氣，把手杖都扔得遠遠的。忽然，將軍哭了，抽搐得像個無助的小孩。看一位將軍流淚是件令人尷尬的事，大家都悄悄地避開了，將軍也很快被推回病房。

足足有一星期沒有再看到將軍，心中不免有些悵然。第八天早上，當我一踏進理療室，赫然發現將軍又在他的老位置上。他繃著臉，好像和誰賭氣似的，一再反覆地練習著。我出院時，他已經不須扶持而走得很好了！

我想，將軍畢竟是將軍。雖然他哭過、失敗過，但他仍然打了漂亮的一仗。

夫婦之愛

我也相信，愛，往往可以使最不可能的事變為可能。

我不知眞正的愛情是否會像金子一樣，越經大火的淬鍊越見它的精純。

我認識這樣一對夫妻。他們都有四、五十歲了，相貌平常，所受的教育也不高。先生只是一個士官。養育了三個孩子，都正在念書。太太爲了貼補家用，替人繡花、打毛衣，像任何一個普通得不能再普通的家庭，勤勤儉儉、刻刻苦苦地過日子。

隨後，太太在一次輕微的婦科手術中，因為醫生失誤，麻醉藥過量，引起腦部麻痺。從此，她全身癱瘓，不能說，不能笑，也沒有任何知覺和反應，除了還有呼吸，她簡直是個已經死了的人！

醫院經過最好的檢查和治療，都認為她不可能恢復神智。但是做丈夫的不死心，他向服務單位請了長假，把孩子託給親友照顧，他也搬到醫院來，就在太太的病床下打地鋪。每天，他除了給太太餵飯、洗澡、處理大小便，還要給她按摩、做運動，以及教她講話。他不停地和她說話，清晰地、緩慢地，也不論病人是否聽得懂。我從來沒有看見他有一絲不耐或厭倦的表情。

到我出院時，這位太太已經會微笑，眼球會隨著丈夫的身影移動，嘴裡也會「啊啊」的發出一些單音，甚至還能挺直地坐在椅子上。這是她的丈夫花了兩年心血的成績。

他仍然相信，他的太太總有一天會完全復元的。我也相信，愛，往往可以使最不可能的事變為可能。

生死之間

許多人總以為要到名山古剎纔能修行，殊不知在醫院裡，更能悟道。

住了八次醫院，經歷了無數次生生死死的場面。

一位老先生，得了半身不遂，雖然家財萬貫，有兒有女，卻享受不到親人的照顧，親情的溫暖。每次兒女們來看他，總是逼著他立遺囑，爭執著財產的分配，甚至在他的病床前大打出手。老先生又氣又灰心，夜晚悄悄吞下一瓶安眠藥，服毒自盡了。

一位年輕的大男孩，放著書不好好讀，閒極無聊了，竟和他那幫狐群狗黨組織什麼飛車黨，沒事就在街上蛇行追逐，呼嘯而過。終於有天一頭撞上了水泥橋，嚴重的腦震盪使他昏迷不醒。說他死了，卻還有一口氣。說他活著，卻毫無知覺。到底是生是死，誰能肯定呢？

有一位老太太，前一分鐘還愉快地削著蘋果，和我們談笑風生。突然之間，頭一歪，心臟病發作，儘管醫生立刻趕來急救，也未能挽回她的生命。臨去前只留下她悠悠一聲長嘆。生與死，僅有一線之隔，便恍如陌路。

如果人生沒有一個更崇高的理想和目標，如果我們活不出永恆的生命，也許正像那幾句有名的詩句：

我們度盡的年歲有如一聲嘆息！
其中所矜誇的不過是勞苦煩愁，
我們便如飛而去！

許多人總以爲要到名山古剎纔能修行，殊不知在醫院裡，更能悟道。

仙丹妙藥

朋友們一次次的熱心關懷，使我更加體會到人間的溫暖和愛心，對我來說，這纔是最可貴的「仙丹妙藥」呢。

病了將近四分之一世紀，看過的醫生，服用過的藥，眞是不計其數，媽媽說我都快成「精」了。

那些正規的治療且不說它，光提稀奇古怪的，也夠得上洋洋大觀了。有一年，從韓國吹來一股怪風，說是李承晚總統得享高年，全是吃洋蟲之功，於是大人小孩一窩蜂全養起這玩意了。有人勸我生吃一些，可以卻風除濕，補血強身，我一看滿盒子蠕蠕而動，像小蟑螂蟲似的，雞皮疙瘩都暴起來了，如何吃得下去？但看在治病份上，勉強吞了點牠的大糞，也沒見效。現在想想，眞冤！

又有人介紹了位高山族巫醫，說得天花亂墜，爸媽愛女心切，來者不拒。這位高山同胞一臉刺青，進門先灌兩瓶老酒。結果醉人醉語，竟診斷我得了梅毒（有種關節炎是屬梅毒性的，故有此誤）。爸媽氣得半死，我十三、四歲一個小丫頭，哪裡會得這種「風流病」？簡直胡說八道。擱在現在，非到法院告他一狀「毀謗今人罪」不可！

住鄉下時，有位阿伯力陳用牛尿和草藥混合煮水洗澡，絕對有效，我們也姑且一試。好傢伙，可眞是「薰風十里」，弟弟放學回家，臭得受不了，氣得大哭；而我，足足一個月身有「異香」。

前些時，一位讀者朋友看了記者的報導，特地三跪九叩，從他所信奉的聖天老祖求來一道聖符，一瓶聖水，老遠地送到山上請我服用。雖然我是基督徒，這番好意只有心領。但是朋友們一次次的熱心關懷，使我更加體會到人間的溫暖和愛心，對我來說，這纔是最可貴的「仙丹妙藥」呢。

病房中

看到這樣多人在生命邊緣掙扎奮鬥，在病體支離中仍然堅持對生命的熱愛和尊重，他們能不慚愧？能不奮發？

俗話說：「人吃五穀生百病。」醫院裡，你會發現各種各樣的怪病。一位年輕的少婦得了肺纖維症。醫生形容她的肺好像長老的絲瓜一樣，柔軟的纖維都已硬化，肺失去了彈性，無法伸縮，呼吸困難，只有每天帶著氧氣罩。但是長期吸用純氧，又會中毒，所以每隔一段時間，就要把氧氣拿掉，讓她自然呼吸。我們就會看到她掙扎得滿臉鐵青，痛苦萬分。由於身體本身的組織發生變化，醫藥已無法幫助她，她只有終生依靠著氧氣，未來的路程多漫長艱苦！

另一個小女孩，我第一次見到她，眞是嚇了一跳。她的皮膚是赤褐色，粗糙厚韌如同象皮一樣。頭髮更奇怪，稀稀幾根絨毛，焦焦黃黃的，就像沙漠中晒乾的茅草，整個人看起來就像是烤焦了似的。原來她天生皮膚沒有毛孔，沒辦法排汗，氣溫稍高一點，她就熱昏了。如果她是生活在西伯利亞或阿拉斯加，或許日子會好過點，但在亞熱帶的台灣，唉！眞不知她能熬多久？

還有個小女孩，活潑美麗，可愛乖巧，眞是人見人愛。可惜她得了先天性高血壓症，身體裡的「水銀柱」莫名其妙地直往上冒，死的時候只有九歲，病房裡許多人都哭了。

想想現在很多年輕人吃大麻、吸強力膠，或是飛車玩命，糟蹋自己，他們眞該到醫院來看看。看到這樣多人在生命邊緣掙扎奮鬥，在病體支離中仍然堅持對生命的熱愛和尊重，他們能不慚愧？能不奮發？

彭班長

很多年都沒見他了，真是有點想念。彭班長，別來無恙？

在軍醫院裡，病房內負責清潔和一切雜務的都是看護班長。我們那間脊屬病房，一直都是歸彭班長管的。

彭班長一百八十多公分高，生得虎背熊腰，力氣很大，人有些喳喳唬唬的。每次看到我住院，他就會說：「呀！小鬼，妳又來了？」我關節有病，不能睡軟床，都是他跑到倉庫扛一塊大木板來墊在彈簧床上，幫我把床鋪得平平整整的，然後伸手彎腰做一個「請」字，樣子十分滑稽。

我去照X光、身體檢查、進手術房，全是他推我去。如果檢查的檯子太高，我爬不上去，他就像拎小雞似的，一把就將我提了上去。那時醫院還沒有電視，最大的娛樂就是放露天電影。有時我不想去看，也是他一再慫恿，抱著我的大椅子，一搖三晃地先去搶位子。

我是北方人，米飯吃久了就會哇哇大叫，彭班長就趕快到大伙房偷兩個饅頭，或是端一碗麵條。我若想吃醫院門外的牛肉麵、片兒湯或是甜酒釀什麼的，只要對他撒撒嬌：「拜託啦！彭班長，你是天下最好的好人。」他就嘿嘿直笑，跑得比風還快。

前後在陸總住了七次醫院，彭班長看著我從一個小女孩長大，所以他常常在我面前倚老賣老：「老囉！都是被妳這小鬼逼老的！」

很多年都沒見他了，眞是有點想念。彭班長，別來無恙？

不要撒嬌

成長的過程往往是艱苦的，經歷了雪雨風霜，雷轟電擊，多少摸索，多少嘗試，多少失敗，多少血淚凝結、身心交瘁。然而，不論這條路是多孤單，除了含淚咬牙，奮力前行，別無他法。

得病之初，由於醫院一直查不出「類風濕」的起因和病源，他們便將我從頭到腳、從裡至外，來個地毯式的大檢查，四肢百骸、五臟六腑，幾乎連我有幾根汗毛都數了，仍然茫無頭緒。醫生固然被整得焦頭爛額，家人也精疲力盡，而我，早已像凌遲受刑的犯人，奄奄一息。

有一次做膀胱透視，整整三個多小時，我又痛又累，吵鬧不休。母親忙完了家事，又趕到醫院陪我，身心皆疲。看到我哭個沒完，煩躁無奈地說：「妳不要撒嬌了好不好？」這句話有如焦雷轟頂，一下子將我擊醒過來，開始了悟這是一場完全屬於我自己的仗，我必須獨自面對生命的挑戰，沒有人能替代或幫助我。就在那一霎間，我從一個十二歲的孩子成長為大人。

從那時起，整整二十多年來，我沒有向任何人訴過一句苦，抱過一聲怨，即使是父母。我也一再警惕，不可因病自憐，不可因病恃嬌。在還能行動時，凡我自己能做的事，也絕不假手旁人；家中的工作，我也盡量參與，負起該盡的責任，我絕不允許自己成為「特權分子」。

成長的過程往往是艱苦的，經歷了雪雨風霜，雷轟電擊，多少摸索，多少嘗試，多少失敗，多少血淚凝結、身心交瘁。然而，不論這條路是多孤單，除了含淚咬牙，奮力前行，別無他法。

「不要撒嬌」，讓我們做一個心智成熟、心理健全、敢於對自己負責的人。

老年病人

就是鐵打的金剛，在無情的歲月摧逼下，也終不免老弱衰微，邁向死亡，要緊的是心靈上的年輕活躍，日日更新。

每次去看門診，都會帶來一陣或大或小的「騷動」。也不知是因爲我太不像一個病人（出門看病，對我好比是出門郊遊一樣，快樂得很），還是醫院候診的病人們太無聊，只要車子一在門診大樓前停妥，總會有一些「好事之徒」圍過來瞧熱鬧！

及至輪椅推進了診療室，大家的眼睛瞪得更大了。有那忍不住好奇心的就會跑過來問：「妳年紀輕輕，怎麼看老年科啊？」有時我會開玩笑地說：「我已經很『老』了呀！」曾有位本省籍老人家就叱我：「烏白講，看妳面白白，卡少年哪！」說得我虛榮心大發，輕飄飄地陶醉了好久。

從我生病以來，先後看過小兒科、內科、骨科、理療科。十年前，內科的大夫「推薦」我去看老年科，我直覺的反應是：「我不老呀！」大夫一笑：「妳的骨頭已經老了！」原因是我的骨頭都已老化，膠質少，鈣質多，十分鬆脆，加上風濕骨痛本來就屬於老年人的病症嘛！就這樣，我啼笑皆非地成爲老年科最年輕的病人！別人看我是金玉其外，不知我是敗「骨」其中啊！

其實，誰沒個三災兩病的？就是鐵打的金剛，在無情的歲月摧逼下，也終不免老弱衰微，邁向死亡，要緊的是心靈上的年輕活躍，日日更新。正像《聖經》上說的：「我們的外體雖然毀壞，內心卻一天新似一天。」那麼，即使到了八十歲，也仍然算得上「少年郎」哩！

開刀大典

大概是我病久了，家人對我的開刀大典一點也不重視。爸爸照常上他的班，弟妹們照常上他們的學；就連媽媽也是買好菜，做好家務纔來。

第一次動手術，是在民國五十三年。是矯正手術，將內彎的左腳扳正，並且打了三枚不鏽鋼釘。事先醫生雖然知道我膽子不小，決定用半身麻醉。但手術前，依然怕我緊張，給了我顆藥丸。我一向是最合作的病人，給我啥就吃啥。吃完之後，順口問了句什麼藥？大夫說是安眠藥，叫我好好睡一覺。我心中暗叫一聲糟糕，這樣難能可貴的經驗，我豈能在睡夢中失之交臂？因此，儘管孫悟空派了十萬八千隻瞌睡蟲搬我去見周公，我也不肯，強撐著如鉛重的眼瞼皮，和醫生「上窮碧落下黃泉」的，大蓋特蓋。

大概是我病久了，家人對我的開刀大典一點也不重視。爸爸照常上他的班，弟妹們照常上他們的學；就連媽媽也是買好菜，做好家務纔來。來時我已推進了手術室。她在門外左等右等，還不見我出來，開始有點心慌。正在為我禱告時，出來一位大夫，媽媽連忙上前問我的情形。那位大夫笑了起來，「好得很，正在手術檯上和我們聊天呢！」

第二次手術，醫生也不肯給我吃那顆藥丸了。他說：「一粒兩塊錢呢！省省吧！」

台上台下

帶著歡欣愉快的心情，證明一個人失去健康算不得什麼不幸，要緊的是，是否有純正的信仰，健全的心理，正確的人生方向，以及朝氣蓬勃的生命力。

二十多年前，患「類風濕」的病人極少，看見我這個「寶貝」病人，稀罕得很，小大夫們沒事就往我病房跑，研究我。

有天，主治大夫告訴我，醫院想把我的病例當做學術示範講解，我大叫一聲：「不要！」我已經病得夠辛苦的了，爲什麼還要我到大庭廣眾前丟人現眼？可是爸爸說讓大夫多研究研究，說不定發明新的治療方法，我的病就可以好了。我只有委屈地答應了。

於是，他們把我抬到醫院的大禮堂的講台上，下面密密層層坐滿了醫學生、大小大夫。主講人內科主任丁農大夫詳細講解「類風濕」的起因、病的形成、發展以及將來可能的演變等等，背後掛滿了圖表、X光片。幻燈片一張張打出來，講的人頭頭是道，條理分明；聽的人也津津有味，聚精會神。唯有我坐在台上，羞辱萬分，自覺像動物園的猴子似的給人展覽參觀，眞恨不得有個地洞鑽進去。

沒想到在經歷了四分之一世紀的磨難後，我又這樣被人抬到台上，在布道會中向數不清的年輕人做見證。帶著歡欣愉快的心情，證明一個人失去健康算不得什麼不幸，要緊的是，是否有純正的信仰，健全的心理，正確的人生方向，以及朝氣蓬勃的生命力。

人生只要有愛、有信心、有盼望，再大的苦難也承受得起。

兒子凶手

究竟是什麼原因竟使他向親生的母親下此毒手？是恨？是怨？人間慘事莫甚於此。

在所有的病房中，骨科病房是最髒最亂也是最吵的。病床四周綁滿了木頭架子，有的吊著胳臂，有的拉著腿，有的半個身子掛在空中，形形色色，不一而足。骨科病人除了骨頭有毛病外，大都五臟六腑十分健康，每天除了吃喝拉睡外，就是聊天，精神好得讓別的病人又討厭又羡慕。

五十三年冬，我兩腿接受矯形手術，一條腿吊了八磅重的鐵沙袋，另一條腿石膏一直敷到大腿根，全身好像釘子釘在床板上，一動也不能動。馮馮一百萬言的小說《微曦》，也是在這段時間看完的。

有天中午，正在午睡，病房外忽然傳來一陣噪雜，加著女人的嗚咽聲，不久，擔架抬來一母一女。母親的傷勢較重，頭部、肩膀及胳臂都裹著重重紗布，一張臉淤血浮腫，幾乎連眼睛都張不開，不停地哭泣、呼痛、嘔吐。女兒就只傷了一條手臂，表情凝重，陰沉不語。陪伴而來的父親則在一旁唉聲嘆氣，心事重重。

起先，他們一點也不肯告訴我們「受傷」的原因，但漸漸的，我們從醫生護士那裡知道了部分眞相。原來，他們有一位上高三的兒子，大概是聯考前學業緊張，心理負擔太重，加上母親「望子成龍」之心太切，不斷嘮叨，孩子終於受不了，就在聯考前夕，精神整個崩潰，他瘋了！

他被送進北投精神病院，有天趁著院方沒注意又逃了出來，居然還認得路回家，一進門就拿了把菜刀朝母親猛砍，妹妹在一旁衛護擋駕，也遭波及。所幸的是那把刀很鈍，沒有造成致命的傷害。

究竟是什麼原因竟使他向親生的母親下此毒手？是恨？是怨？人間慘事莫甚於此。

她們母女只住了一夜就轉到外科病房去了，但至今我仍難忘那位傷心欲絕的母親斷啞的哭喊：「天啊！是我錯了嗎？天啊……」

到底是誰錯了呢？我不知道，我真的不知道！

大人出巡

一定是我那副樣子太可笑了，弟妹們就不時拿我尋開心，故意搶在前面為我「開道」，作勢敲鑼狀，口中還大聲吆喝著：「噹！噹！大人出巡了，肅靜，迴避，噹！噹！噹！」

以前我還可以行走，只是走得很緩慢，很艱難。因爲腳和膝蓋的關節都告變形，走起路來姿勢古怪，重心不穩；而醫生又一再警告我，要提防跌倒。病久了，不僅骨質鬆脆，缺乏膠質，而且好幾個關節都已僵化，無法靈活彎曲，摔下去毫無緩衝餘地，骨頭摔斷了很難復原。因此，走路時我都是扶著桌子或牆壁，小心翼翼，緊張萬分。

家裡的空間小，人又多，我既怕別人衝撞到我，也怕自己的蝸步妨礙了交通，眞是眼觀四面，耳聽八方。特別是家中有小孩時，那更是提心弔膽，如臨大敵。還沒站起來之前，就大呼小叫，要大家讓路，把小孩趕到別的房間去。我經過的地方如有擋路的物品，也要趕快挪開，一家人都被我弄得精神緊張，神經兮兮！

一定是我那副樣子太可笑了，弟妹們就不時拿我尋開心，故意搶在前面爲我「開道」，作勢敲鑼狀，口中還大聲吆喝著：「噹！噹！大人出巡了，肅靜，迴避，噹！噹！噹！」

多虧有他們，給我病中生活平添無限熱鬧。

選擇

抱著哪一種人生態度，採取哪一種生活方式，全在我們自己；在生死之間，上帝仍然給了我們極大的選擇能力。

有一個女孩，在癌細胞的侵犯下，鋸去了一條腿，割去半個肺，最後癌細胞轉移到淋巴腺，她仍然沒有屈服。儘管強烈的藥物副作用使她一頭秀髮幾乎落盡，儘管鈷六十的照射使她疲憊憔悴，她還是不肯放棄，仍然堅持她活下去的權利，頑強的生命力連死神也莫奈她何！

同病房的另一位太太，卻得了莫名其妙的胃病，始終檢查不出原因，天天吵著大夫把胃割去。大夫被她糾纏不過，氣得說：「難道頭疼，也要把頭割去？」她在一哭二鬧之後，竟然在病房內上吊自殺，可憐復可嘆！

空軍總醫院有位叫仰大祺的病人，原是一位運動健將，在一次練習中，將頸骨折斷，因而全身癱瘓。十八年來，他像一具殭屍似的一動也不能動，但憑著他對生命的信仰，他活得十分喜樂，而且鼓舞了不少其他的病人。這是一項奇蹟。

還有些人，一點小毛病就提心弔膽、疑神疑鬼。近幾年特別流行「疑癌症」，咳幾聲嗽，就以爲得了肺癌；吃饅頭不小心噎住了，就認定是食道癌；三天不解手，八成是腸癌。眞是草木皆兵，風聲鶴唳。自己折磨自己不說，弄得家人朋友也人心惶惶，不得安寧。

所以，抱著哪一種人生態度，採取哪一種生活方式，全在我們自己；在生死之間，上帝仍然給了我們極大的選擇能力。

桃花盛開的時候

桃花依舊笑春風，人面依舊相映紅，偏是那位「崔郎」不知何處去了？「年年歲歲花相似，歲歲年年人不同」，難道人生真是這般無常的麼？

那年春天，桃花盛開的時候，他到家中作客，經過庭院時，他忽然駐足，訝然而呼：「好美的桃花，我好多年都沒見過了。」桃花自開自落，從來也沒覺得它有什麼特別之處，經他一提，纔發現花香宜人，花語解人，確實與眾不同。接著，他看看花又看看我，不知是因爲太陽太盛，還是他目光灼人，我的臉熱熱的，只聽見他笑著說：「我現在纔知道爲什麼形容女孩子的臉做桃腮了。」他低低吟唱起那首千古名詩：「去年今日此門中，人面桃花相映紅，人面不知何處去，桃花依舊笑春風！」我的心底掠過一絲陰影，詠春頌桃的詩句何止千百首，他怎麼單單挑了這一首？

春天過去，桃花謝了，他也走了。桃樹上結了許多青青的果實，可惜未及長大就落了一地。有人說土質不好，有人說那花本是觀賞用的，要結果子得另外接枝，到底什麼原因我也不清楚。只是每次經過庭院，看到那株桃樹時，心裡就像是塞了一把青青澀澀的東西。

一年年春天來了又去，一年年桃花開了又謝。如今，又是春天，又是桃花盛開的時候；然後，桃花依舊笑春風，人面依舊相映紅，偏是那位「崔郎」不知何處去了？

「年年歲歲花相似，歲歲年年人不同」，難道人生眞是這般無常的麼？

神農氏

至於我到底吃了多少藥，數也數不清，反正每天見我藥不離手，各種膏、丸、湯、散，保守的估計，總得用卡車來拉吧！真不是蓋的。

弟妹們給我取了個外號「神農氏」。神農氏，嘗百草，而我病了二十多年，嘗了豈止百草哩！還有許多老祖宗沒見過的現代西藥呢！

父母愛女心切，因此，只要別人介紹哪位醫生高明，就趕快請來治療；哪種藥方有效，就趕快買來服用。全省各大醫院，有名的中西醫，各種稀奇古怪的治療方法全試過。什麼扎金針、拔火罐、煙薰、火烤、水蒸、種胎盤、吃洋蟲、用牛尿洗澡等等，以至於到最現代科學化的電子複波治療，眞可以說洋洋大觀，包羅萬象，古今中外，無奇不有。神農老祖宗在世，也非得瞠目結舌，對我甘拜下風不可。

至於我到底吃了多少藥，數也數不清，反正每天見我藥不離手，各種膏、丸、湯、散，保守的估計，總得用卡車來拉吧！眞不是蓋的。弟妹們說：「以後，誰若在妳面前神氣，擺架子，妳不妨告訴他：『我吃的藥比你吃的飯還多呢！』」

大概估量我吃了多年的藥，四肢百骸都已被藥浸透，最近，他們又出了個餿主意：「姊，妳死了骨灰留給我們！」

我一驚，「幹什麼？」

「做藥丸子，包治各種疑難雜症！」

我只怕這和濟公活佛的「伸腿瞪眼丸」一樣，不知可有人敢吃？

鐵沙掌

我常想，多虧上帝給了母親這雙「鐵沙掌」，堅強地支撐起這重重苦難的家庭。

母親有一雙大手。

年輕時，母親是三鐵健將，練就了她孔武有力的手勁。結婚後，她用這雙手做飯洗衣，抹地擦窗子，眞是乾淨利落，又快又好。但在孩子眼中，對這雙手又怕又敬。它代表權威，代表家法。哪個不聽話，根本不必費神找棍子，一巴掌下去，屁股上馬上暴起五條指痕，夠你繞著屋子跳半天呢！

母親的手有一點很奇特，那就是掌心呈現赤紅色。有位懂得手相的朋友說：「這是硃砂掌，主貴的。」我們在背後不服氣地嘀咕著：「什麼硃砂掌？簡直是鐵沙掌。」母親也確實是主「饋」的，她給我們煮了一輩子飯。

但是，就是這樣的一雙手，在我病了二十多年後的今天，她照顧我，扶持我；近幾年不能走路後，也只有母親抱得動我。她也了解怎樣抱才不會觸痛我的關節。有一次，我們去教堂聚會，但那天母親腰痛的老毛病發作，父親有意代勞，想試著抱我上輪椅。母親說：「不行，弄痛了她，比我痛還難過！」

我常想，多虧上帝給了母親這雙「鐵沙掌」，堅強地支撐起這重重苦難的家庭。

怪夢

我開始了解真正的生命不在外形的毀壞，而在心靈的完整。每一個生命，在上帝眼中都是珍貴的、有價值的，就看你怎麼去發揮。

在我初病的那幾年中，我常做一種怪夢。

夢中，我站在大庭廣眾之間，談笑風生。突然之間，我發現自己光著上身，或是僅僅穿了一件薄薄的內衣，一剎那，眞是羞窘交迫，恨不能找個地洞鑽進去，但又偏偏裝做一副無所謂的樣子，昂首挺胸，迎著別人怪異的目光。夢就在這種混合著屈辱與驕傲、自卑與自尊的情感交戰中一驚而醒。醒後思潮仍起伏不已，久久無法平復。

一直到我信了上帝之後，這種怪夢才消失了。我分析之下，原來，我從小要強好勝，備受父母師長的寵愛重視，眞有如天之驕子。然而，一場病粉碎了所有的榮譽和光彩，就像被世人遺棄了一樣，陪伴我的只有無止境的病痛和受人冷落的寂寞。面對著日益惡化傷殘的關節，一向心高氣傲的我，不甘心，也不願意接受這個事實，於是內心深處的掙扎，以及對未來的恐懼、羞恥和不安，下意識地在夢中表現了出來。

當我受了洗，我開始了解眞正的生命不在外形的毀壞，而在心靈的完整。每一個生命，在上帝眼中都是珍貴的、有價值的，就看你怎麼去發揮。生命有如泉水，用得越多，流出來的越多；不用它，它也凝止不動。

我終於克服了心理上的障礙，不再逃避現實，精神上的壓力減輕，怪夢也永不再現。

為誰而活

每當我自己情緒低沉、心情沮喪時，一想到多少人因我的信心而振奮，因我的勇敢而堅強，我怎能退縮，怎能放棄呢？在第一火線上，一個逃兵會影響全軍的士氣啊！

從小，我胸懷大志，爲自己定下許多「偉大」的目標。然而，這一切都在這一場病中幻滅了。

我開始懷疑，像我這樣一個終日纏綿病榻、足不出戶的人，還能對國家社會有什麼貢獻？生命於我有什麼意義呢？

直到有一天，教會的一位伯母病了，媽媽去看她，她竟說：「我一想到妳的女兒，我就覺得這點疼痛可以忍受了。」漸漸地，類似的話我聽到的更多了。「每次看到妳的笑臉，我就對未來充滿樂觀。」「和妳的遭遇比起來，我感到自己這點實在算不得什麼了。」前不久，有位瀕臨自殺邊緣的女孩看到我之後，流著淚對我說：「劉姊姊，妳都能活得這樣好，爲什麼我不能呢？」我從來沒有想到，上帝讓我在小小的斗室之中，也可以做出許多事情。

從前，我曾爲父母而活。我不忍見他們傷心，而不得不努力，我自修，我上進，只爲博得父母歡心。我也曾爲自己而活，身遭大劫，越想越不甘心屈服於命運的鞭子下，我奮發，我寫作，只爲了證明自己不是一個廢物。而今，我卻同時也爲更多和我同樣爲生命奮鬥、在逆境中掙扎的人而活。每當我自己情緒低沉、心情沮喪時，一想到多少人因我的信心而振奮，因我的勇敢而堅強，我怎能退縮，怎能放棄呢？在第一火線上，一個逃兵會影響全軍的士氣啊！

所以，當我在安慰鼓勵別人時，我自己也同樣得到力量和勇氣。人生的戰場上，我們須要互相扶持，彼此激厲，並肩戰鬥。

大大夫

一個人要有非凡的成就，非得有過人的能耐不可。時間可以把人磨鍊得更成熟，但成熟中是否學到了謙沖，則全靠個人的修養了。

醫院，是個忙碌而複雜的小社會。在那裡，許多人生，許多人死，還有許多人在生死邊緣徘徊掙扎。大夫忙著治病，病人忙著保命，立場不同，目標一致。

但是，對於像我們這種一時好不了卻也一時死不了的慢性病人，日子仍嫌稍長，難以打發。

因此，每天早上看大大夫查房，也能成爲我們的「節目」之一。大大夫，通常是指主治醫生、總醫生和主任。在病人眼裡，他們代表一種權威，一種無上的尊嚴，他們簡直就是救苦救難的活菩薩。

大大夫穿著筆挺的白色長袍，威風凜凜，後面大大小小地跟著一大群小大夫和尚在實習的學生。我們坐在床上沒事，就數哪位大夫最神氣，「嘍囉」最多，有的竟有五、六十人。一陣風過去，樓板都震動了，壯觀得很。

如果把醫院比做戰場，大大夫就是總指揮，視察前線，了解敵情，面授機宜。同時也把病房當做傳道解惑的臨時講台，他一邊檢查，一邊示範動作，小大夫們也「依樣畫葫蘆」跟著學。但病人可吃不消了，幾十雙手不斷地又捏又摸，又敲又打，本來不痛的地方都給折騰痛了，眞是不勝其苦。所以，有那些病油子，一等大大夫檢查完畢，小大夫還沒碰上邊，就開始大呼小叫：「哎呀！痛死人了，受不了呀！」小大夫不知眞假，嚇得連忙縮手，病人詭計得逞。

有時大大夫也會當堂考試，抽冷子提出一個問題要小大夫回答。眾目睽睽之下，加上病人也在一旁幸災樂禍地瞧熱鬧，有時眞會窘得他們滿臉通紅，結結巴巴，可千萬不能在病人面前失了威信啊！要不，以後誰還聽他的？

奇怪的是，越是「官」大的大夫，越是對病人和藹可親、溫文有禮。二十年前有位骨科大夫，脾氣又硬又倔，對誰都是一副「馬臉」。如今做了主任，再見他卻是謙和幽默，十分親切。可見一個人要有非凡的成就，非得有過人的能耐不可。

時間可以把人磨鍊得更成熟，但成熟中是否學到了謙沖，則全靠個人的修養了。

中國崔姬

剛巧那一陣子，英國有位模特兒崔姬小姐突然大紅特紅起來，排骨之風遍全球，摩登淑女紛紛效尤。只有我樂不可支，深感吾道不孤！

我從小就瘦，一副營養不良的可憐樣！雖然中間一度因爲服用腎上腺素的副作用，人像吹了氣的球似的猛脹，但藥一停又回復原狀。最瘦的時候只有卅七公斤（一百六十公分高），眞正是前心貼後心。天天吃「美力肥」也肥不起來，弟弟說：

「我看妳乾脆試試歐羅肥怎麼樣?」豈有此理!

有一天,忽然看到一篇報導,說什麼「胸脯越大的女人頭腦越簡單。」大獲我心,連忙剪存下來,不時拿出來自我安慰一番。剛巧那一陣子,英國有位模特兒崔姬小姐突然大紅特紅起來,排骨之風遍全球,摩登淑女紛紛效尤,姊姊學校的女生三個人合吃一盤客飯,唯恐自己不像餓殍。只有我樂不可支,深感吾道不孤!

不想,半路卻殺出了一個小煞星,有天到教堂聚會,身旁一個小女孩怪怪地看了我半天,猛地冒出一句:「劉姊姊,妳前面爲什麼平平的?」我一楞,好傢伙,她纔五歲,眞是人小鬼大,非得唬唬她不可。我眼睛左右一梭,壓低聲音,神祕兮兮地趴在她耳朵上說:「告訴妳一個祕密,不許對別人說喲!」她一聽是祕密,興奮地直點頭。

「我是男生假裝的啊!」

她一臉驚愕,大眼睛瞧著我直眨巴。哈哈!可有她腦筋傷的了,這小鬼!

羅曼蒂克

想我病了廿多年，整天病得愁兮兮、慘兮兮，沒想到自己居然是這般的「羅曼蒂克」，這位洋倉頡簡直太有意思啦！

羅曼蒂克?!

聽到這個字眼，年輕人的心就會「咚」的跳一下。這意識到一切浪漫的、唯美的、充滿綺念的、如夢如幻的、詩情畫意的事情，當然，絕大時候是指愛情而言。年輕人要沒有一點羅曼蒂克的思想，不懂一點羅曼蒂克的情調，那可眞是白活了！

但這些跟我有什麼關係呢？我早已心如止水，什麼風花雪月都與我無干了。不想有一天，我病極無聊，一個人翻著英文小字典玩，翻著翻著，突然跳出來一個「風濕病患者」rheumatic，再一念它的拼音（ru: mætik）我的心也「咚」的跳了一下。好傢伙，竟然也十分的「羅曼蒂克」。和那個「ru: mantic」的發音非常非常接近，中國人舌頭硬，很多捲舌音發不出來，念著念著可不就「羅曼蒂克、羅曼蒂克」了嗎？

目瞪口呆之餘，我不禁哈哈大笑，想我病了廿多年，整天病得愁兮兮、慘兮兮，沒想到自己居然是這般的「羅曼蒂克」，這位洋倉頡簡直太有意思啦！

所以，朋友，如果你最近突然發現我變得有點「那個」起來了，可千萬別大驚小怪喲！

毒人

弟妹們說：把我的血液抽出來，製成血清，可以做「類風濕」疫苗，一定有效，以毒攻毒嘛！

去年，醫生介紹我一種英國最新出品的關節藥，他一再強調：「這種藥的『毒』性比較小。」

藥，固然能治病，但它本身包含的化學成分卻往往造成身體其他機能的破壞。每一種藥都有副作用，就連維他命吃多了都有害。

譬如，有些藥我服用後會有胃痛耳鳴的現象；還有些令我頭暈，天旋地轉，每日昏昏欲睡。最可怕的是一些藥不知不覺破壞我的腎臟，每隔一段日子總要趕快到醫院檢查一番。所以醫生開藥給我，第一考慮的就是哪種藥的「毒」性最小，副作用最低。

每年夏天，我的內衫都會因出汗而呈現密密層層的黑色斑點，猛一看好像發霉，事實上又不是。因爲母親洗衣甚勤，總是隨換隨洗，怪的是用力搓揉也洗不掉。

以前我戴的手錶也是如此，不鏽鋼的錶殼一點一點被侵蝕，最後形成蜂窩似的小洞，錶裡面的擺心都蝕掉，厲害不厲害？錶帶也是隔不多久就爛掉了，流的汗眞好像鹽酸一樣，不知是什麼道理。想來可能是我吃的藥太多，身體裡面積了不少「毒素」，已經成了毒人啦！

弟妹們說：把我的血液抽出來，製成血清，可以做「類風濕」疫苗（如同牛痘疫苗、霍亂疫苗等等），一定有效，以毒攻毒嘛！

不知可有人願意研究？成功的話，準保可以拿座諾貝爾醫學獎——只是到時候獎金別忘了分我一半！

不是作家

我看，我還是安分守己做一名小小的作者；看我的書，寫我的稿，自得其樂，豈不快哉！

曾聽過這樣一個笑話。一個小孩問他的同伴說：「作家和作者有什麼不一樣？」那個說：「作家，就是結了婚成了家的，作者還沒有。」有人介紹我是作家時，我總免不了暗中嘀咕一句：「我還沒成家呀！」如果勉強解釋，大概也只能是整天坐在家裡不動的「坐」家吧。

事實上，我從未把自己當作家，家裡也無人這樣「尊敬」我。我寫的電視劇，弟妹們向來是不屑一顧的。他們譏笑我是專門寫給阿公阿婆看的。

甚至，看我熬夜寫稿，他們也從來不說：「又在寫文章了呀？」或是「又有什麼作品要發表呀？」

他們說——您猜說什麼？「啊！又在印鈔票了！」

瞧瞧，這像作家嗎？

還有一回，有位記者先生在一篇報導中，把我捧成了「名作家」，弟妹們笑壞了：

「什麼叫做『鳴作家』呀？就是會叫的作家呀！」

算了，我看，我還是安分守己做一名小小的作者；看我的書，寫我的稿，自得其樂，豈不快哉！

手稿

這是本人真跡手稿，哪天說不定我成了大名，起碼值好幾百塊美金呢！妳好好保存，別掉了！

正在燈下努力爬格子，妹晃悠悠地進來了。一看我又在「印鈔票」，眼睛一亮，連忙伸長了手。

「姊，給點銀子花花怎樣？」

「要銀子？那還不簡單！」

一聽答得這樣乾脆，倒讓她暗吃一驚。從來，姊是使小錢，講大話。兩枚銅板都要附送一大篇「姊姊經」，教人得了好處心裡都不舒服。如今，姊出人意料之外的爽快，心中不禁有點芝麻感動。

說時遲，那時快，只見我在抽屜裡一陣東翻西找，好不容易從抽屜翻出一張鬼畫符似的草稿紙，遞給她：「喏！拿去！」

她把紙頭高高地拎起來，左看右看，上面除了密密麻麻、亂七八糟的字，紅的、藍的、黑的畫成一片，什麼名堂也看不出。她滿臉疑惑地問：「給我這個幹什麼？」

「妳不是要銀子嗎？拿去呀！」

「這張破紙頭？能當銀子使？哈，別笑掉人大門牙了！」

「那可不一定，這是本人眞跡手稿，哪天說不定我成了大名，起碼值好幾百塊美金呢！妳好好保存，別掉了！」

她竟毫不顧惜地順手一扔，衝到我面前大叫：「妳念過書沒有？懂不懂『涸轍之魚』的意思？」

「不懂，小學生嘛！」我也大叫。

生命與世界

我忽然想到耶穌說過的一句話：「人若賺得了全世界，卻賠上自己的生命，有什麼益處呢？」然後，一千九百多年來，究竟有幾人聽得進去這句話呢？

前幾天在一處茶會上，認識了一個女孩。

她原在美國念書，因為患病，趁著暑假回國就醫。她得了一種慢性的血液病。據我的了解，這種病很麻煩。她的醫生建議她留下來，等病治好了再走。但她不肯，她捨不得放棄美國著名學校的高額獎學金。她得意地說：「我堅持要出院，結果，醫生只好讓步了。」

望著她那張已經因藥物副作用略現浮腫的臉，我多麼想告訴她，世上沒有一種學位比健康更重要，沒有一種獎學金比生命的價值更高。我知道她不會接受的，她已買好機票，心早就飛走了。

有一位企業家，年輕時家境貧苦，常常三餐不繼，他發誓要賺大錢，出人頭地。他拚命努力，夜以繼日的工作，最後終於如願以償了，擁有好幾處的工廠，錢多得花不完，豪華轎車，精美大廈，似乎什麼也不缺了。

沒想到過度的勞累，透支體力，竟得了慢性腎臟炎，美味的食物無法下嚥，舒適的設備無法享受，太多的錢只養了一位愛慕虛榮的妻子，和幾個不求長進的兒女。他常感嘆說：「錢多不是福啊！」不知道這是不是他對人生的了悟？

我忽然想到耶穌說過的一句話：「人若賺得了全世界，卻賠上自己的生命，有什麼益處呢？」然後，一千九百多年來，究竟有幾人聽得進去這句話呢？

小丑的面具

年歲漸長，我越來越發現人生是無所謂悲或喜的。有時從這個角度看是喜劇，從另一個角度看卻是悲劇了！

我們家，爸爸是標準的電影迷，連帶地，孩子也個個愛看電影。我初病時，住陸軍總醫院。那時候，陸總還在廣州街，西門町、中華路都近在咫尺。爸爸常在星期天的晚上，向醫生請幾個鐘頭假，帶我去看場電影，算是慰勞我生病的辛苦。

有一年，剛好有一部得了好幾項金像獎的名片《戲王之王》上演了，我們自然不肯錯過。這部片子布景堂皇，聲勢浩大，加上許多驚險的馬戲表演，確實名不虛傳。時隔多年，詳細的情節都忘，只記得有位殺了人的醫生，到馬戲班，喬裝小丑，掩人耳目；而當火車相撞、傷亡慘重時，他忍不住發揮了醫生救人的本能，終於爲跟蹤的警探識破。當他被捕時，他抬起那雙痛苦茫然的眼睛，臉上的油彩誇張地嬉笑著，形成一種鮮明的對比，充滿了悲哀的諷刺。那張臉，到現在還深深刻印在我腦中。

年歲漸長，我越來越發現人生是無所謂悲或喜的。有時從這個角度看是喜劇，從另一個角度看卻是悲劇了！

生命的表現是多層面的，小丑的面具後面，往往是眼淚啊！

屍變

俗話說：「人嚇人，嚇死人。」其實，所謂的「鬼」，全在人的心裡頭。

曾經在醫院聽過這樣一個笑死人的笑話。

某大醫學院，有個工友，人有點發福，夏天怕熱，常爲找不到合適的地方睡午覺而發愁。有一天，他忽然發現解剖室裡冷氣十足，涼爽宜人，中午何不趁著教授學生們不在時躲在裡面涼快涼快？

解剖室裡排滿了一張張解剖檯，全是大理石做的，光滑晶亮，冰涼透骨，上面還蓋了個大紗罩，原是爲了防屍體招蒼蠅之用的。他老兄一見可樂壞了，趕快脫了上衣，打著赤膊，挑了個空檯子，就鑽了進去。

誰知他正好夢猶甜，呼呼大睡，不想有位教授臨時有事，回解剖室拿樣東西。正在開門時，工友驚醒了（解剖室是「禁地」，閒雜人不准進去），連忙推開紗罩跳下來。說時遲，那時快，這邊教授猛一抬頭，好傢伙，只見解剖檯上的「屍體」竟然活轉過來，登時嚇得魂飛魄散，大叫一聲，拔腿就跑。工友知道他發生誤會，連忙趕了上去，邊追邊喊：「教授！教授！別跑，是我呀！」他不追不喊倒還好，這一來，教授更以爲是發了屍變，沒命地逃。最後終於「咕咚」一頭栽了下去，敢情是嚇昏了。

好笑的是這位教授受過高等教育，親手處理過的屍體也不下百十來具，雖然滿腦科學知識，但是碰到這種事情，腦子硬是轉不過彎來，白白虛驚了一場。

俗話說：「人嚇人，嚇死人。」其實，所謂的「鬼」，全在人的心裡頭。

功夫

人生總避免不了許多拂逆的事。當我們不願接受卻又不得不接受時，就只有忍耐了。忍耐，也是一種磨鍊，一種功夫呢！

小姪子吃壞了肚子。我們正吃午飯時，他在桌前「撲拉」一聲，瀉了滿地「黃金」。弟妹一邊手忙腳亂地收拾地上狼藉，一邊連聲抱歉：「對不起，害你們吃飯時……」

我笑一笑，面不改色，照舊吃我的飯。老實說，這全是住了多年醫院練出來的功夫。

試想，在那種有三、四十張病床的大統艙病房內，各式各樣的病人都有。這邊有人上吐，那邊有人下瀉；左邊有人灌腸，右邊有人抽骨液；前面有人猛咳，濃痰鼻涕齊飛；後邊有人洗瘡口，血水黃膿橫流，若沒有一點「泰山崩於前而色不變」的鎮靜功夫，那可眞是一天都待不下去。

有次住院，對床是位哮喘病人，不停地打噴嚏、吐痰。我們吃早飯時，他就端著小痰盂四處巡遊。而鄰床一位胃病病人，一看見別人吃東西，他就捧著臉盆大吐大嘔。如果你因爲這些而吃不下飯，非活活餓死不可。

另外，你還必須忍受許多噪音：嘔吐聲、瀉肚聲、哭聲、喊聲、呻吟聲。也得忍受各種怪味：臭味、腥味、藥味、酸腐味等等。老實說，沒有什麼地方比醫院更適合「修心養性」的了。

人生總避免不了許多拂逆的事。當我們不願接受卻又不得不接受時，就只有忍耐了。忍耐，也是一種磨鍊，一種功夫呢！

平凡的人

我心中有種如釋重負的欣然。發現自己的軟弱是可喜的，接受自己的缺點也是可喜的。我多麼高興我只是一個人，一個平凡的人。

有一回，爲了媽和妹妹幾句嘲笑話，我竟然哭了。平日我是很少掉淚的。這一哭，家人大吃一驚，我自己也嚇了一跳。

我一向認爲自己是很有自制力的。我從來不對別人訴苦，總覺得每個人都有他自己的苦惱煩愁，我沒有理由再教別人分擔我的重擔。我也討厭無病呻吟，不論我心中有多少不愉快，展現在朋友面前的，永遠是一張笑意盎然的臉。也不管我的關節多麼痛，精神多麼疲乏，朋友們見到我，也總是一副神采奕奕、容光煥發的樣子。儘管他們走後，我往往會像一攤爛泥似的癱了下來。

我也不是承受不起玩笑的。我自己就喜歡開玩笑、惡作劇，家人之間，也常常這樣尋開心，習以爲常。但爲什麼卻爲這小得不能再小的事落淚呢？我一直很爲自己的剛強驕傲，甚至覺得自己頗了不起。然而，當淚珠滾落面頰，我纔突然了解，原來我是一個普通得不能再普通的人，會哭會笑，能喜能嗔，有愛有恨，一點都不特別。

我心中有種如釋重負的欣然。發現自己的軟弱是可喜的，接受自己的缺點也是可喜的。我多麼高興我只是一個人，一個平凡的人。

救護車上

我們可以貧窮，但不貧乏；可以平凡，絕不庸碌。要生而坦然，死而無懼。有一天，當我離去，也讓我這樣歡歡喜喜地走吧！我知道，我已好好活過了。

春初，警察電台《雪中送炭》節目贈送五百部輪椅給社會傷殘人士，舉辦了一次園遊會，特別邀我參加。來接我時，他們竟派了一輛一一九消防大隊的救護車，令我暗吃一驚。爲了趕時間，他們乾脆拉起了警笛，「嗚拉嗚拉」呼嘯而下，招搖過市，又新鮮，又有趣。

隨同來的三位警察朋友年輕可愛。一路上我們有說有笑，輕鬆愉快。當車子經過十字路口，從擁擠的車陣中穿越時，我清楚地看到路旁行人驚訝的臉色，不禁想到，是呀！救護車上載的不是傷者、病者，就是死者，去的地方也無非是醫院太平間，沒有人喜歡坐這種車的，怎麼還有人笑容滿面、快快樂樂，像是邀赴盛宴？

在我一生中，也常常看到這樣奇妙的對比。看似病得支離破碎，卻活得生氣盎然；看似十分痛苦，卻充滿喜樂；看似一無所有，卻比誰都豐富滿足。

其實，即使這輛救護車眞的前赴死亡之約，也沒有什麼可悲。一個人活四十歲或八十歲並沒有區別，重要的是，是否把握每一天的生命都不虛空。我們可以貧窮，但不貧乏；可以平凡，絕不庸碌。要生而坦然，死而無懼。

有一天，當我離去，也讓我這樣歡歡喜喜地走吧！我知道，我已好好活過了。

哭鐵面與笑鐵面

我從來沒有想到，原來，憂愁能教苦難凝結，使你肩上的擔子越挑越重，而快樂卻是氧化劑，使苦難分解，煩惱消逝。

許多朋友看到我，都爲我臉上的笑容驚奇，一張一點憂愁都沒有的快樂的臉。怎麼看都不像是病人，有人以爲我大概屬於天生樂觀型的人物吧！

其實，剛剛相反，我們家五個小孩，我從小是以好哭聞名的。我的哭可是不同凡響，不是隨便乾嚎兩聲便了事的，小哭一、兩個鐘頭，大哭三、四小時。母親家教甚嚴，就是拿我的哭沒辦法，眞是軟硬不吃。所以她乾脆棄之不管，任我「自生自滅」。好笑的是，遇到要吃飯或是有什麼好事情，我也會「全自動」停下來，等飯吃好或事情過去了，我又會回到老地方繼續「演唱」。所以，母親管我的哭不叫哭，叫「拉警報」。

生病之後，我的眼淚掉得更多了，整天淚汪汪。一聽到別人提什麼考學校、念書或是郊遊等字眼，我的眼淚就跟石門水庫放水似的，「嘩」的一聲傾洩而下。

糟糕的是，我哭，媽媽也跟著偷偷流淚；我愁容滿面，家裡也烏雲密布。十六歲那年，我信了上帝，不再對自己絕望。同時我也發現眼淚並不能改變事實，只會把自己陷入更絕望的深淵，我開始嘗試用笑臉面對人生。我從來沒有想到，原來，憂愁能教苦難凝結，使你肩上的擔子越挑越重，而快樂卻是氧化劑，使苦難分解，煩惱消逝。

就這樣，有名的「哭鐵面」成了「笑鐵面」。

人與貓

在所有的生物中，唯有人類能夠不受環境局限，進而改變環境，創造環境。人之所以為人的尊嚴和可貴，就在於此。

小妹的乾爹乾媽十分喜歡小動物，家中貓狗不斷。他們有二隻漂亮的波斯貓，一公一母。每隔幾個月，母貓都會懷一次胎，生下幾隻絨球似的小貓，總不等小貓長大，就會被愛貓的人家一搶而空。

前幾天，妹告訴我，母貓又生了三隻，但其中一隻卻被牠吃掉了，因爲這隻一生下來就有毛病。我嚇了一跳，母貓何其殘忍。其實，所有的小動物都是一樣，在物競天擇、適者生存的自然界，強健的體魄是絕對必須的。因此，對於體弱的、有病的小動物，一出生就面臨被淘汰的命運，一點也不奇怪。

我在咋舌之餘，不覺脫口而嘆：「好傢伙，幸虧我不是貓，否則也老早被媽吃掉了。」

這雖然是一句玩笑話，但我想，人和動物不同的地方，是因爲人除了肉體的生命之外，還有智慧，有思想，有靈魂。我們可以善用自己的頭腦，貢獻才能，發揮出人的價値。

更何況，人還有一顆追求美善、渴望眞理的靈智。在所有的生物中，唯有人類能夠不受環境局限，進而改變環境，創造環境。

人之所以爲人的尊嚴和可貴，就在於此。

小么妹

她不時弄些花花草草放在我窗外的陽台上，讓我看了愉快。她說得好，精神治療更勝於藥物治療呀！到底是大學生了，說起話來也頭頭是道呢！

我生病的時候，小妹剛出生不久。所以，她從來沒有看過我健康的樣子。

那時，我剛休學在家，整天無事，就是「玩」她。她兩隻又圓又大的黑眼珠，翹翹的小鼻子，紅紅的小嘴，加上一頭天然鬈髮，活像一具洋娃娃。我給她換尿片，餵牛奶，摟著她唱催眠歌。就憑這些，我常說自己是她半個母親。本來嘛！長姊如母啊！

她從小就乖巧可愛，看見爸爸下班了，就趕快拿拖鞋，看見媽媽掃地了，就趕快遞畚箕。一天到晚，就看到胖墩墩的身子穿一雙小木屐，前前後後忙著。還只有四、五歲，就會用她的小手摸著我發痛的關節，安慰我：「姊，妳不要怕，等我將來長大了，做醫生給妳看病！」我們就笑話她：「姊姊要病多久才能等妳長大呀！」

沒想到，時間像飛一樣過去，轉眼她已高中畢業，大專聯考時她的第一志願果眞塡的是醫學系。只可惜競爭的人太多了，僧多粥少，她分到了園藝系。我開她玩笑：「害我白白等了二十年，這下沒指望了。」

她不時弄些花花草草放在我窗外的陽台上，讓我看了愉快。她說得好，精神治療更勝於藥物治療呀！

到底是大學生了，說起話來也頭頭是道呢！

名病人

想來我這名病人的「陳年老疾」一旦霍然而癒，那種宣傳力該有多大呀！對這類事我只有盛情心領，敬謝不敏。

也許是病得太久了，別人一提到我的名字，就會聯想到我的病，彷彿我是個天生的病人。其實，我一向足不出戶，安心在家生病，絕少在外「招搖」。有天，一位朋友在飯館裡無意中聽到兩人聊天，其中一個大概身體不舒服，正在訴苦，只聽見另一個譏誚地說：「你這點毛病算什麼，比起那個劉俠來差遠了！」朋友當成趣聞。我這纔發現，敢情我已成了名病人了？

也正因爲我是這樣一個名病人，竟使我遇到許多新鮮事。許多人老遠地跑到山上，只爲看看我這個「快樂的病人」，稀罕得很。有些老媽媽竟會激動得淚眼婆娑。甚至，還有人非要我寫個字「表演」給他們看不可，我只好「當眾揮毫」，滿足他們的好奇心。

從前，小孩子不乖，父母常拿「狼來了，老虎吃人」嚇唬孩子，沒想到，有一天我也被派上了用場。有位朋友帶著她的寶貝兒女來山上看我。閒談中，提到她的兒子喜歡挑嘴，我說我小時也是一樣，這邊話猶未說完，那邊做媽媽的已經忙著教訓兒子：「聽見沒有？再挑嘴將來就跟阿姨一樣不能走路！」眞是絕佳的機會教育，靈驗得很，吃中飯時小傢伙吃了滿滿兩大碗！

還有一些人士將他們自行研製的「祕方」，熱心請我「臨床實驗」，聲明一切免費，只希望我將來在報上登個「鳴謝啓事」。想來我這名病人的「陳年老疾」一旦霍然而癒，那種宣傳力該有多大呀！對這類事我只有盛情心領，敬謝不敏。俗話說：「男怕入錯行，女怕嫁錯郎。」我還得加一句：「病怕吃錯藥。」因為這些藥既沒有化驗，也沒有經過醫生認可，萬一「一命嗚呼」、「蒙主恩召」倒也罷了；怕的是舊病不去，新病又來，病上加病，我就災情慘重了。

最令人啼笑皆非的是，去年竟然有位江湖醫生也利用起我這塊「招牌」。他對前去求診的病人，凡是有一點腰痠背痛或骨節疼痛的，一律都診斷為「類風濕」，並且「恫嚇」病人說：「你們不趕快治療，將來就和劉俠一樣了！」嚇得好幾位患者，或登門或電話向我「求救」，詢問詳情。其實，根據骨科權威鄧述微大夫的統計，眞正的「類風濕」非常少見。而這位郎中為了「招攬生意」，竟以我來要脅病人，造成他們心理上的恐懼，實在可惡之至。

不過，我也要聲明一句，就是眞的得了「類風濕」也沒什麼了不得，我到今天不是還活得好好的嗎？

職業訓練

原本一雙玉蔥般纖纖玉手，全成了扭曲的紅蘿蔔。懊喪之餘，無奈何只好又回到我的老本行。賣文為生啦！

你聽過病人也要職業訓練嗎？

不錯，對那些因病因傷造成身體機能局部障礙的病人，出院後很可能會面臨就業的困難，找不到合適的工作，如果在醫院裡就給他職業訓練，學個一技之長，不僅將來可以自立（能夠自立就能恢復病人的自尊心和自信心），而且減輕社會家庭的負擔，豈不是一舉兩得的事嗎？這種構想是非常好的。

民國五十八年初夏，我住進榮總的廿三病房，接受物理治療。有天，主任來查房，一邊問病情，一邊翻看我的病歷。他一定是看到病歷上方「小學畢業」那四個小字，忽然聽到他慈和地說：「妳應該去學點手藝。」還沒等我腦子轉過來，他又加了一句：「要不然，將來怎麼辦呢？」

我一驚，結結巴巴地說：「可是，我會寫作呀！」

主任笑一笑，不知他是不相信我的話，還是不相信作家也可以養家活口？反正，從那天開始，每天下午三點，護士小姐就把我推到職業訓練中心強迫「勞改」。

職訓中心在四樓。工場不大，裡面擺滿了各種機器，分成了木工、陶瓷、籐器、縫紉、印刷等等部門，麻雀雖小，五臟俱全。最有趣的是還有兩架古老的織布機，可惜沒有線，病人只有裝模作樣地操作一番，我戲稱上面織的是「國王的新衣」：「陛下，您瞧瞧，這新衣的花色是多麼的新穎，高雅大方，穿在國王您的身上，可眞是再尊貴也沒有了，不過，這新衣可是非凡之品，只有那最聰明的人纔看得見，陛下，您瞧瞧看還滿意嗎？」哈哈，這叫做黃連樹下彈琴，苦中作樂！

整整三個月，我每個部門都學了一點。刨了一大堆木屑，織了一件「國王的新衣」，給自己印了一盒名片（不知要送給誰），捏了一個「四不像」陶器（所謂的四不像，是左看不像，右看不像，前看不像，後看也不像，根本不知道像什麼或不像什麼的東西），另外還編了個籐缽子。我本來是要編花瓶的，結果肚子太大，將錯就錯，變成缽子了。

夏天結束，我學得一身「樣樣通，樣樣不通」的本事，愉快地和「師傅」們告別。沒想到因爲在醫院裡天天捏濕泥巴，編籐子浸冷水，回家不久，十根指頭的關節全部發炎。原本一雙玉蔥般纖纖玉手，全成了扭曲的紅蘿蔔。懊喪之餘，無奈何只好又回到我的老本行。賣文爲生啦！

喜樂的心

心境開朗，笑口常開，能吃就吃，能睡就睡，不胡思亂想，不疑神疑鬼，凡事感恩，喜樂無窮。有了這劑「良藥」，包你能起死回生，延年益壽哩！

病了這樣久，打針吃藥已成了我的「日常功課」，連兩歲的小姪子都知道，每餐飯後，他就大著嗓門催我：「姑姑吃藥！」邁著他一雙小肥腿，搶著去給我端水拿藥，慇懃得很。可見藥已變成我的「民生必需品」。（別人開門只有七件事：柴、米、油、鹽、醬、醋、茶，我還多了一件：藥！）

在初病的那兩年，我曾試過一種藥，據說是由我旅美生化學家李卓皓博士所研究，從動物的腦下垂體提煉出來的副腎外膜內分泌素，簡稱ACTH。每天放在點滴中注射，每分鐘只能滴廿五滴，一瓶點滴，從早上八點滴到晚上八點，眞把人累慘了（我又是最守規矩的病人，不像有的病人竟然一手捧著點滴，可以四處亂跑）。後來我兩隻手腕和左手肘的關節，就是因爲長時間不能活動而僵化的。

還有一種腎上腺素。此藥發明之初，可是舉世震驚，在醫學界有「神藥」之稱。它幾乎百病都治，什麼心臟病、癌症、血液病、皮膚病、氣喘、風濕……等等。由於藥性猛烈，病人一服下去往往「立竿見影」，醫生病人都樂於採用。但慢慢的，醫生也發現它的副作用太大，有時不免「得不償失」，甚至「遺害無窮」，所以現在有的醫生也盡量避免大量使用它。

服用腎上腺素還有一個最顯著的特徵，就是一張臉又腫又胖，圓滾滾的，狀如滿月，醫學名詞就叫做「月亮臉」。而我又偏偏是個愛漂亮的人，看見自己好好一張鵝蛋臉，給整得像是吹飽了氣的氣球似的，心中那分懊惱就別提了，平時別說是照鏡子，連照相都不肯，誰要和我拍照，我就翻臉。好在去年已將此藥停止，現在正在慢慢恢復「原形」。一個病人病到像我這樣愛慕「虛榮」，你放心，絕死不了。醫生最怕的是那種「看破紅塵」、「萬念俱灰」的病人呢！

有種德國藥，藥名忘了，小紙盒裝的，按藥量的輕重分成五種號碼。據說藥中含有重金屬物質，對腎臟的破壞力很大，每星期都得驗尿。我前後服用了好幾年。我暗暗想，搞不好將來骨灰裡還能撿出「舍利子」呢！

前年我換了種英國藥，叫「拔怒風」。不僅和原文音諧，而且頗含深意，一看就知是治風濕病的，把「怒風」拔去，多有意思。

算算我所吃過的藥，眞可以說得上車載斗量，不計其數。其實，不論哪種藥，都有「毒」，吃多了都不好。二十多年來，我發現唯有一種藥對我最有幫助，有百利而無一害，就是《聖經》上說的：「喜樂的心，乃是良藥。」心境開朗，笑口常開，能吃就吃，能睡就睡，不胡思亂想，不疑神疑鬼，凡事感恩，喜樂無窮。有了這劑「良藥」，包你能起死回生，延年益壽哩！

況且，這藥一毛錢都不花，何樂而不試試？

書的王國

我發現，一個人只要肯做，即使在三尺寬六尺長的病床上，也能為自己開創出一片廣闊的新天地。

書，一度是我的堡壘，也是我的王國。

那還是初病的前幾年中，面對著日趨惡化的病體，不可知的命運，眞有前途茫茫，不知何去何從之感。甚至天邊掠過一隻飛鳥，也能教我觸景生情，傷感淚下。

於是，我用書爲自己建築了一個很好的堡壘，躲在裡面，可以忘掉病痛，忘掉眼淚，忘掉一切的不幸。至今記憶猶新的是每天晚飯後，母親就出門爲我借書，不管認識不認識的人家，都要敲門問詢一番。自己村子的借完了，就到別的村子去借，常要走很遠的路。而母親辛辛苦苦好不容易借來的書，往往在我飢不擇食、狼吞虎嚥之下，三兩下就「清潔溜溜」了。母親只有一趟趟走得更遠了。一直到父親認識了一位圖書館的管理員，母親肩上的重擔纔算放下。

慢慢地，書爲我開拓了一個新的人生領域，我又找到了自己，肯定了生命的意義。原來生活的天地雖小，方格子的世界卻廣大無比，生老病死、悲歡離合，都由著我去創造，去發揮。雖然爲了寫作，我的右臂一年四季腫脹不堪，硬得跟石頭一樣。父母親友常勸我多休息，我卻已沉迷其間，無法自拔了。對我，這眞是一種極大的心靈的享受。

就這樣，我從愛書人又邁上了寫書人的艱苦路程。由於學識不足，經歷太少，我需要看更多的書，吸收更多的知識。家中除訂了許多份書報雜誌之外，也不斷地買新書。每日看書寫書，寫書看書，我生活在書的王國，其樂無窮。

我發現，一個人只要肯做，即使在三尺寬六尺長的病床上，也能為自己開創出一片廣闊的新天地。

心囚

那些沉溺在罪惡中無法自拔，迷戀在情慾中無法脫身，以及為名利權勢所左右迷失了自己的人，他們看似自由，卻心陷囹圄。比起我，到底誰更像是囚犯呢？

在許多人眼裡，我看來多麼像是一個囚犯，一個被病禁錮在床的犯人。

是的，自從小學六年級時，我被一種叫做「類風濕關節炎」的怪病纏身之後，就逐漸失去活動的自由。年復一年，我全身的關節都受到病魔的「轄制」，有如戴上一道道無形的鐐銬。

腿不能行，肩不能舉，手不能彎、頭也不能自由轉動。甚至，我連吃一口心愛的牛肉乾的權利也被剝奪了，因爲咬不動。

二十多年來，生活的天地僅限於六席大的斗室之中，屋外春去秋來，花開花謝，似乎都與我無干了；就像一個被判無期徒刑的犯人，不知何年何月纔能重見「天日」。

想像中，這樣的「犯人」一定是蒼白憔悴、鬱鬱寡歡的吧！剛剛相反，因爲我了解眞正能夠囚住我的，不是身體上的疾病，而是心理上失望、悲觀、頹喪、憤怒、憂慮築成了一面看不見的網，隨時準備將我陷在中間。一個人只要能突破心靈的枷鎖，這個世界就再也沒有什麼能困住他的了。如今，我活得無憂無慮，也自由自在。而世上多的是身體健康，卻心理不健全的人；多的是表面歡樂，卻心中痛苦的人；多的是行動自如，卻找不到一條正確人生方向的人。

有些人看似生活得繁華熱鬧，卻往往是天底下最寂寞的人，因爲他們把自己的心封閉了。

還有那些沉溺在罪惡中無法自拔，迷戀在情慾中無法脫身，以及爲名利權勢所左右迷失了自己的人，他們看似自由，卻心陷囹圄。

比起我，到底誰更像是囚犯呢？

留學

醫生在「技窮」之後，想到美國醫學發達，或許有什麼新辦法可醫；同時考慮我是否水土不服，我這個出生在黃土高原的北方娃子不能適應潮濕多變的寶島氣候？

這年頭，留學之風熾烈，有事沒事都要出去逛逛，連許多念中文的也要跑出去湊個熱鬧。

說來別人不相信，我這個小學畢業生也差點留了學。話說自我病後，由於病例稀少，醫生就拿我當成研究對象，有什麼新的治療方法先找我試試；藥廠還在實驗的新藥也先給我嘗嘗，不時還要把我抬到講台上學術示範講解一番，好讓那些只聞其名，「不知廬山眞面目」的醫學生，見識一下眞正的「類風濕」，我簡直成了實驗室裡的活標本「小白鼠」了。

就這樣，左治右療，前檢後驗，依然查不出病源，自然也就無法「對症下藥」。醫生在「技窮」之後，想到美國醫學發達，或許有什麼新辦法可醫；同時考慮我是否水土不服，我這個出生在黃土高原的北方娃子不能適應潮濕多變的寶島氣候？正好那時，醫院每年有兩張學術研究病床和美國加州某大軍醫院交換（就好像今天交換教授、交換學生一樣），醫院就決定把我送去「交換」，異地治療也許有效。

於是，我也染上了留學熱。一想到一介小學生居然也能堂而皇之地到美利堅合眾國去，就興奮得睡不著覺。可憐我生了病，連中學的大門都沒摸到，斗大的英文字母不認得一個，於是乎，趕快買了一套「五週英語速成會話」唱片，惡補洋文。整天開著唱機嘰嘰呱呱，把一家人吵得煩死。這邊媽媽也開始爲我添置行裝，忙得不亦樂乎。等到一切就緒，準備上路，沒想到美國交換過來的病人，無巧不巧的，她得的也是「類風濕」。原來，他們也對此病「莫法度」，所以送到溫暖的台灣來看看。

這下，這留學的美夢終於被打破了，我那套唱片束之高閣，蓋趙麗蓮博士說，會話者，廢話也！

小學士

我一向最愛管閒事，大大小小的事，都少不了我一份。有時，他們不禁感嘆地說：「妳這顆小學腦袋還滿靈光的嘛！」所以，他們聯合封我為「小學士」。

前一陣子戶口普查，新來的戶籍員翻著我家的戶口名簿左看右看，指著我的名字問母親說：「這是妳的女兒嗎？」

媽媽點點頭，回答說：「是啊！」

只見這位戶籍員先生一臉的疑惑，追問著：「妳沒弄錯嗎？」

媽媽十分好笑，無奈地說：「奇怪了，我的女兒我還不知道嗎？」

「那爲什麼妳五個小孩，其他四個都是大學畢業，單單這一個小學畢業？」

這一說，母親纔恍然大悟，連忙說明我小時生病，所以中途輟學等等原因。回頭轉述給我們聽，一家人都捧腹大笑，我開玩笑地對母親說：「下回再有人問您，乾脆就說這個女兒是撿來的，別費那大精神解釋了！」

有記者來訪，也有此一問：「妳兄弟姊妹皆受高等教育，獨妳沒有，心理是否感受威脅？」

「剛剛相反！」

「此話怎講？」

「這年頭物以稀爲貴呀！」

這當然是句笑話。倒是家中的弟妹們，並未以有我這樣一位小學生姊姊爲恥。只要有同學來家庭裡玩，他們一定會帶進我屋裡介紹給我。

弄到後來，他們的朋友往往都變成了我的朋友。我的大弟平日自視甚高，很少稱讚別人。有次，他一位同學告訴我：「我們早就想來看妳了，妳弟弟常對我們說妳好了不起啊！」這眞是比他當面誇我幾百句都來得讓我感動。我想，一個人想要別人尊敬，非得自己先爭氣不可呀！

也因爲我一向最愛管閒事，主意又多，弟妹談戀愛，找我參謀，年輕人寫情書，請我捉刀；大大小小的事，都少不了我一份。有時，他們不禁感嘆地說：「妳這顆小學腦袋還滿靈光的嘛！」所以，他們聯合封我爲「小學士」。

世上大學士何其多也，小學士可有幾位？

無心之人

朋友們也別為我發愁，百害一利，正是這樣的記性，幫助我忘了許多病中的痛苦。我到現在還活得挺快樂的，也是拜糊塗之賜啊！

小時候，媽媽常罵我是個沒心的人。挨罵的原因不外是交代我的事，忘了！要繳的學雜費，掉了！東西亂放，找不到了……丟三忘四，七顛八倒。媽媽是急性子，氣急了就忍不住罵起來：「妳的心呢？又給狗掏去了？」

也不知道是否掌管記憶的腦細胞不夠發達，反正有關數字、日期、位置、計算……等等事項，不是「大概小姐」，就是「差不多先生」。上小學時，媽媽總喜歡把家安置在學校附近，只要她在屋裡一聽到學校的下課鐘響，就會看到遠遠一個小人影朝家急奔，一定又是掉了鉛筆、墨盒，或是茶杯、手紙什麼的，每天少說也要跑回來個四、五趟。到現在我還不明白，當年母親是有意學孟母精神呢，還是特別體諒我這個「沒心」的女兒呢？

一直到現在，我仍然弄不清自己每天洗臉的毛巾是哪一條，也分不清五元和十元的鈔票顏色（百元大鈔我是知道的）。讀者寫信給我，如果第二次只署名字，我就無法回覆，忘了他的尊姓啦！

只見過一、兩次面的朋友，我也很少能記住他們的長相。爲了怕別人罵我架子大，不理人，我只有逢人就未語先笑，朋友稱讚我每天笑咪咪，不知道我有不得已的苦衷呀！

上個月，出版社結算版稅，開了一張一萬七千五百元的支票給我，我順手一放，不見啦！爸媽和妹三人翻箱倒櫃，從上找到下，從裡找到外，累得人仰馬翻，我的活動範圍有限，拿到哪兒去了呢？沒辦法，只好掛失，手續麻煩得很，先要到法院申請公告，然後銀行止付，爸爸來來回回跑了好幾趟呢！

這邊手續剛辦好。有天，亮軒突然送我一本他剛得獎的大作，來而不往非禮也，少不得我也得送他一本自己的小作。打開書，正準備簽名，嘿嘿，那張小紙頭，不聲不響地正躺在裡頭。亮軒不知道，否則準會嚇一跳，還以為我「別有企圖」，送這麼大的紅包啊！

一家人看著這張支票，哭笑不得，妹不痛不癢地說：「姊！妳可眞是騷包啊！拿支票當書籤用啊！」誰叫我沒事找事呢！

不過，朋友們也別為我發愁，百害一利，正是這樣的記性，幫助我忘了許多病中的痛苦。我到現在還活得挺快樂的，也是拜糊塗之賜啊！

人生如戲

想想也實在好笑，自己演自己，居然演砸了，真是陰溝裡翻船，也不知毛病到底是出在我演得太像自己，還是太不像自己？

從小，我就愛看戲。

我指的戲，都是文明戲，話劇和電影。爸爸是軍人，跟著他不知看了多少免費的勞軍戲。記憶最深的是剛來台灣那幾年，幾乎每個週末晚上，爸爸都要帶我們到台北中山堂看戲。曲終人散後，父親一手牽姊姊一手牽我，慢慢走回家。空曠的大街上，父女三人的影子拉得好長好長！

之後，我病了，父親以一個上校軍官，要供養四個孩子念書，外加我的龐大醫藥費，生活的窘迫可想而知。有一年，「紅樓」戲院演出李曼瑰教授的名劇《武則天》，男女主角是當時最紅的話劇明星曹健和明格，眞是集一時之盛。父親體貼我長年臥病，足不出戶，特地請我和媽媽去看。一張榮譽券一百塊大洋，三張票，外加車費，幾乎去了父親半個月的薪水（一斤大米纔一塊多錢）。我現在想起來還心酸，爲了這場戲，父親暗地裡不知咬了多少次牙，勒了多久肚皮。

去年，不知哪裡吹來一股歪風，竟然連續有兩家電視台的節目，要將「劉俠」改編成故事，搬上螢光幕。天知道，我會有什麼故事呢?!

這下可好，大隊人馬浩浩蕩蕩開上山來，攝影的、打燈光的、導演、場記、製作人，外帶好幾位臨時演員。只聽導演一聲大喊：「開麥拉——」場記手中那塊記錄分場的小木板「卡達」一響，我就裝模作樣地演將起來。

折騰了好幾天，片子總算拍好了。放映時，弟弟妹妹一邊看，一邊嘻嘻哈哈打趣我：「啊哈，認識妳二十幾年了，不知道妳居然有這麼偉大呀！」

「就是說嘛！一個個都有眼無珠！」他們故意嘔我，我也嘴不饒人。

後來，其中一個節目把這套紀錄片修剪後，送往韓國參加第廿二屆亞洲影展。誰知參展的五部紀錄片，其他四部都得獎，獨獨這部沒有。這下弟妹們可逮到機會了，大笑不已：「哎呀！妳的演技太『菜』了！」

想想也實在好笑，自己演自己，居然演砸了，眞是陰溝裡翻船，也不知毛病到底是出在我演得太像自己，還是太不像自己？只有慨然一聲長嘆：

人生如戲（不過，可不是兒戲喲）！

辦年貨

一個人如果懂得自嘲的藝術，不僅能化解許多困惑尷尬的場面，更能將我們的人生境界提升，超越了生命中不幸悲慘的一面，進而從欣賞的角度去品味它。

我的關節病是蔓延性的，病魔像無孔不入的土匪一樣，燒殺擄掠，無所不爲，等到一個關節被牠破壞殆盡後，又去搶劫下一個關節；就這樣，廿多年來，我眞是「劉小二過年，一年不如一年！」

幾個月前，我的左坐骨關節突然大痛起來，這是我唯一完好的大關節，平日起坐活動全靠它支持，這一痛可眞是非同小可，坐臥不安（早已立不起來了）。又因爲它位居中樞要地，牽一髮以動全身，連別人從我面前經過，我都會緊張地大叫：「不要碰我！」

想到快過年了，弟妹們都會回家團聚，還有我那可愛頑皮的小姪子，我總不得不和他摟摟抱抱、親熱親熱吧！可是我的腿……爸爸說，到醫院給關節打一針、止止痛吧！於是，我躺在救護車中一路「嗚啦嗚啦」開進了醫院！

見了大夫，爸爸忙不迭地央求著：「拜託拜託，大夫，要過年了給她打一針，讓她舒舒服服過個年吧！」大夫一臉忍俊不住的樣子，我自己也直想笑。結果醫生把我的病情研究了半天，發現不能打，我們只有趁興而去，敗興而返。

農曆年在中國人眼中是一個歡樂、熱鬧、吉祥的節日，沒有人願意在這個當口跑醫院，那是犯忌諱的。醫院裡的病人，病症較輕的，也都趕著辦出院手續，回家過節去也！所以有誰生病需要住院的，年三十去，準會搶到空床位。

因此，過年前，爸爸都會代我到醫院多取一份藥備用，加上爸爸自己也是藥罐子，關節藥、氣喘藥、腸胃藥、維他命等等，只見他懷裡抱著大瓶小瓶，手中提著大包小包，全是藥！

有次，爸爸取完藥，碰到一位也常來醫院的老病號，大家常常見面，都是熟面孔。看到爸爸一副「滿載而歸」的樣子，幽默地說：「老大哥，辦年貨呀？」彼此看看對方，再看看自己，相顧會心哈哈大笑，旁邊的人也笑不可抑。

一個人如果懂得自嘲的藝術，不僅能化解許多困惑尷尬的場面，更能將我們的人生境界提升，超越了生命中不幸悲慘的一面，進而從欣賞的角度去品味它。

香灰

我根本不信它真能治病，但我還是勇敢地吃了下去，只因為那裡面含有父親的愛和希望！

你知道嗎？我也吃過香灰。

那是我還未信主之前的事。我癱瘓在床，短短不到一年，醫院中三進三出。西醫沒辦法，把父親拉到一邊悄悄地說：「出去找個中醫試試吧！」

於是，各種扎金針，拔火罐、貼膏藥，一碗碗的「苦水」向肚裡灌，我從不皺一下眉頭。不管什麼偏方、祕方、祖傳之方，只要別人介紹，我們都姑且一試。

結果，每試一次，病情往往不見進步，反而惡化不少。我們似乎眞的是走投無路了。

有一天，父親拿了一個小紙包給我，叫我吃下去。我打開一看，淡灰色的粉末。父親說，那是香灰。

我簡直震驚極了，我們從來不是迷信的人，任何燒香拜佛的事都與我們無緣，就連過年時送財神的上門，我們都會推出去。我們不信這一套。

而這樣一件被我們認為愚魯無知的事竟然發生在父親身上，眞令人不可思議，而且難以置信。

父親有些沉重，甚至央求地對我說：「吃下吧！乖，這是爸三叩九拜求來的。」

我的心眞正感到痛了。我了解自己的父親，他是一個個性極強的人，一輩子未曾對任何人低過頭。但爲了他的女兒，他匍匐在地，掬心泣血，乞得這一包香灰。

我根本不信它眞能治病，但我還是勇敢地吃了下去，只因爲那裡面含有父親的愛和希望！

同病相惜

俗話說「同病相憐」，我覺得「憐」大可不必，不妨「同病相知」、「同病相惜」吧！

以前我母親和小妹都有皮膚過敏的毛病，不小心吃到刺激性的食物，就會全身起滿風疹塊，癢不可當。

有時看到他們把皮膚都抓破了，就勸他們說：「不要抓嘛！忍耐一點，越抓越癢。」他們總是苦笑，仍照抓不誤。直到有一天，我自己也莫名其妙地發了一身風疹塊，癢得我三天三夜都沒睡好覺，這纔知道原來癢比痛還難過，還難以忍受。可見不身歷其境，就無法完全體會當事者的心境。

「我們在一切患難中，神就安慰我們，好教我們用祂所賜的安慰，去安慰那遭遇各樣患難的人。」神讓我們經歷了人世間各種患難，因而也了解他人的疾苦，付以同情和愛心！

我們一位鄰居因心臟病突然去世，他的太太受此意外打擊，痛不欲生。但當另一位也喪夫不久的未亡人來看她時，她們甚至不必說一句話，只淚眼相對，就已了解彼此的心意，獲得無限的安慰。

我病了廿多年，總不免也特別關心病人或身體殘障的孩子。如果遇到同是「類風濕」的病患，那就更像是遇到親人一樣親切哩（哈哈）！最近我們幾位同病者打算組織一個「類風濕俱樂部」，彼此安慰鼓勵，提供新的醫療方法。其中以我的病齡最長，理所當然是首屆會長囉！

俗話說「同病相憐」，我覺得「憐」大可不必，不妨「同病相知」、「同病相惜」吧！

老俠與小俠

偶爾長輩親友以鄉音突然冒出一句「老俠子」時，卻令我別有一番「久別重逢」的親切感。

我的名字只有一個單字：「俠」。單字平常都比較難以稱呼，平輩朋友乾脆連名帶姓地喊，年輕人纔叫我「劉姊姊」，這已經成為「官稱」了。

但很少有人知道父母是怎麼叫我的。小時候，我管父親叫「老爸」。那時，他正三十出頭，雄姿英發，風流倜儻。不知是否為了抗議我平白給他頭上加一個「老」字，反正自我有記憶以來，他就管我叫「老俠」。又因我們家鄉人很喜歡給小孩的名字底下連「子」，所以我又順理成章地成爲「老俠子」。有時，他們也會光喊我一聲「俠子」。

姊姊的小名叫「寶寶」，所以爸媽就喊她「寶子」。新搬來的鄰居不知就裡，心裡一直納悶，怎麼這家人把孩子一個叫「瞎子」，一個叫「跛子」，後來談起，大笑不已。一直到二十多歲，父母大概覺得這個小名太土氣了，怕在朋友面前傷了我的自尊，漸漸地也跟著大家改口直呼我「劉俠」，倒也方便俐落。

不想最近兩年，我已開始步入胡適先生所說的「偶有幾莖白髮，心情微近中年」的階段（不是蓋的，我已經拔掉好幾根白頭髮了），忽然有家電視台把我編成劇本，搬上螢光幕，我也「當局者迷，旁觀者清」地守在電視機前欣賞著。演到我小時那一段時，只聽見左一句「小俠」，右一句「小俠」，叫得我一頭霧水，我什麼時候又變成「小俠」了？原來製作人自作聰明，硬是要我「返老還童」。弄得兩位文友沒事也要暱稱我一聲「小俠」。好笑的是，小時被呼「老俠」，如今年紀一把了，卻成了「小俠」，真是越活越回去了。

不過，偶爾長輩親友以鄉音突然冒出一句「老俠子」時，卻令我別有一番「久別重逢」的親切感。

三輪車之戀

夏天的夜晚，明月當空，清風徐來，車子慢慢地踩著，鄉音親切地談著，那分濃郁的人情味，像老酒一樣的香醇，如今早已隨著時光消逝了。

在所有的交通工具中，我獨對三輪車有深厚的感情。

我生病之後，行動不便，無法坐公共汽車，早年沒有計程車，後來有了，也坐不起。因此，一切外出看病、訪友、遊玩，全仰仗三輪車。

我是個不甘寂寞的人，從小活潑外向，偏偏生了一種「行不得也」

的怪病，將我囚居病室，好不悶煞，能夠有機會出門「放放風」，算是一大消遣。

三輪車的好處第一在慢，坐在上面悠哉遊哉，消消閒閒，看街旁百貨雜陳，人來人往，行行色色，好不熱鬧。我除了喜愛山水自然外，更大的樂趣是看人，男女老幼，高矮胖瘦，喜怒哀樂，嗔怨，研究起來可眞是一門大學問，我眞是樂此不疲。常聽有人說可以利用坐車的時間看書、寫稿、批公文、改作業等等，我做不到。我忙著觀賞風景，欣賞人生百態，深怕漏過一寸「膠片」。

每年一到雙十節，大街小巷張燈結綵，牌樓處處，旗海飄飄，尤其到了晚上，霓虹燈閃耀得比天上的星星都好看。爸爸就會包兩輛三輪車，講好論時計費，帶著弟弟妹妹，陪我逛街兜風。只見滿街人潮，人擠人，人看人，那種暖烘烘、喜洋洋的氣氛，給人說不出的幸福感。我打扮得漂漂亮亮，高坐在車子上，眞好像從前的閨女逛會似的，又新鮮，又興奮。

我們在台北住了十七年，巷口不遠處就有三輪車班，因爲老主顧了，彼此都很熟。他們大多是退伍下來的老兵，不同的鄉音，倍增親切之感。班頭老徐，四十幾歲，踩起車子不溫不火，四平八穩。我知他小孩多，家累重，出門盡可能坐他的車。有一度我每天到醫院做水療，上補習班學英文，就乾脆包月。有天約好了他來接我，卻一直不見人。後來纔知他前一天送完客人，天下大雨，他沒看清路，過平交道時被火車撞死了，讓人難過了好久。媽媽特地包了點錢，撿了幾件弟妹們穿的舊衣服，託車班的人帶給他太太，也算是盡點心意。

另有一位老吳，性情急躁，完全是張飛作風。他有個壞毛病，見不得身旁有別的三輪車，否則好勝心一起，非得贏過對方不可。若是碰得對方也是個不肯服輸的傢伙，那就好了，兩人在街上賽起飛車來了。只見他抬起屁股，引起身子，一雙毛腿踩得飛快，也不管地上的坑洞，把人彈得老高，顫得七葷八素。幸虧他的技術好，再擁擠的十字路，他也能從大車小車的縫隙中像泥鰍似的鑽過去。遇到前面有汽車衝過來，只見說時遲，那時快，他龍頭一拐就閃過去了，真是驚心動魄，驚險萬狀，心臟都能被他嚇出來。不過，儘管我時常在心裡暗罵他「該死的老吳！要命的老吳！」卻很少出聲制止他，原因是我的神經中，偶爾有一根也會發瘋。

夏天的夜晚，明月當空，清風徐來，車子慢慢地踩著，鄉音親切地談著，那分濃郁的人情味，像老酒一樣的香醇，如今早已隨著時光消逝了。

我懷念的不止是三輪車，還有那段悠閒的歲月，悠閒的心。

生命之旅

人生的路，總免不了有坎坷，有風暴。當我們在面對自己的生命時，我們往往都是孤單的，沒有誰能幫助你，或替代你。

我生病時，只有十二歲，還是一個活潑天眞、不解世事的孩子，生命的旅程一片錦繡，鳥語花香，無限的美景正展現在眼前。

然而，突然之間，我落入險惡的漩渦，無底深淵，我掙扎、抗拒，精疲力竭。面對著日益惡化的關節，前途茫茫，病癒無期，生命於我是多麼沉重的負擔啊。多少次，我想放棄生活下去的權利，可是隱隱中又有股不甘心的感覺。我暗暗想，我已經吃了這樣多苦，受了這樣多罪，現在就放棄了，這一切不是白受了嗎？

一年年過去，我忍著、熬著、掙扎著、奮鬥著，由羸弱而茁壯，由怯懦而勇敢，由灰心喪膽而生氣勃勃。生命的美就在不斷的摸索學習，不斷的淬鍊塑造，不斷的創造發現，付出的代價越大，也越見它的豐富完美。

也許生命的成長過程原本就是這樣艱苦辛酸。經過繭的黑暗痛苦，經過蛹的掙扎蛻變，纔有蛾的再生吧！回首前塵，儘管血淚斑駁，但我仍然感激，從苦難中，我更加體會生命的真實，奮鬥的歡愉，以及與神同在的甘甜！

人生的路，總免不了有坎坷，有風暴。當我們在面對自己的生命時，我們往往都是孤單的，沒有誰能幫助你，或替代你。但，你無須逃避，無須推卸，無須灰心，無須詛咒，屬於你的仍舊是你的，你終究要挑起你自己的擔子，走你自己的路。

後記

今年夏天，我已經病了整整四分之一世紀了，生命中三分之二以上的歲月，都消磨在病床上了。

從我開始喜歡寫作，我為自己取了個筆名「杏林子」。一方面懷念我的故鄉——陝西扶風的杏林鎮，同時也為了紀念我這一輩子和醫院結下「不解之緣」。其實，這兩者之間也有著很大的關聯。故鄉，以「杏林」為名，是因為漫山遍野都是杏樹。傳說有位妙手仁心的大夫在鄉中行醫施藥，他不要診金，只要病家在門前植幾棵杏樹就可以了，因而漸漸蔚然成林。後人為了紀念他，蓋了座巍峨堂皇「藥王廟」，遠近馳名，香火鼎盛。每年到了杏黃麥熟的季節，碩大如拳的杏子掛滿樹梢，行商客旅，任人摘食，唯一的條件是要留下杏核，做為藥材。我不知以「杏林」稱頌醫院，這個典故是否就出在我家鄉。

除了所看的中醫之外，我前後住了八次醫院，門診幾百次，病歷表堆起來足足有一尺多厚。第一次住院，是小兒科，十年前已經晉升為老年科了，真可謂「歷盡滄桑一病人」。連我自己都好笑，彷彿人生「生老病死」四大階段，我就剩下沒「死」了。

所以，你看，我是有資格可以寫一本書的。寫一些生，一些死，一些生死之間的歡樂與痛苦、期待和絕望。有些是我的，有些是別人的，或者，其中也有些是你的。

我所寫的都不是什麼大文章大人物，也沒有曲折的故事，感人的情節。拿繪畫來比方，這只能算是一些小小的素描，疏淡幾筆，勾勒出一點人生的痕跡，雖拙劣不堪，也總有我一番深情深意在，讀者朋友體不體會得出我就不得而知了。書中包括的除了醫院的形

形色色外，也有我在病床上的一些所見所聞，所思所想。所以，統稱為《杏林小記》。（此為初版本的插畫，新版本並未收錄）

當然，要特別感謝金寶先生為我畫的這些可愛的小漫畫，諧趣橫生，增色不少。

我把這本書獻給我的父母、親人，以及所有曾關心我鼓勵我的朋友，謝謝你們不斷地為我打氣加油，給了我生活的勇氣和支持的力量。也獻給偉大的醫生和護士們，你們和我並肩作戰，打擊魔鬼，所付出的辛勞和努力，我永遠敬佩感謝！

最後，我這本書獻給我自己，做為與病魔抗戰廿五週年紀念。

杏林子寫於一九七九年

特載（一）

生命·如奔湧的泉水

薇薇夫人

八月十六、十七、十八三天，香港福音劇團演出話劇《囚》，演出成功的賀電，遙遙從香港拍到台北縣新店一個山區的小樓裡。《囚》劇的著作人卻無法自己拆閱這些賀電，她十指的關節，一個個在病魔的侵蝕下，逐漸腫大、彎曲、僵硬。她連一杯水也端不動，洗個臉也得勞動母親幫忙。

她寫字時，在腿上放塊小木板，低著頭，弓著背，一筆一筆艱難地寫著，寫不多久，手臂就往往痛得無法動彈，即使抄一個劇本也須費時一個月。但是她已經寫了四十多齣廣播、電視、舞台、電影劇本，和《喜樂年年》、《生之歌》兩本散文集。這位不向病痛屈服的人就是全身百分之九十以上關節僵硬，因患「類風濕關節炎」病症，躺在病床達二十三年半的女作家劉俠——筆名叫做「杏林子」。

長年被困在病床上的人，幾乎都有「權利」脾氣暴躁，悲觀絕望，怨天尤人，然而杏林子竟連聲音都帶著笑意。她的弟妹也常常奇怪他們這位「應該」愁眉苦臉的姊姊，竟然能夠長年保持著平和愉快的心境。

為什麼？她能始終保持心境的平和愉快呢？

「我想是我心裡充滿了愛吧。我總是朝人生美好的一面去想、去看，好的一面當然是讓人快樂的。」

但是杏林子的樂觀並不是浮面的。她每時、每刻都在忍受著關節腫脹的痛苦。十年前，她的腿動過矯形手術，右腿墜上一只八磅重的鐵砂袋左腿打進三枚不鏽鋼的釘子，石膏一直敷到大腿根部，整個下半身一動也不能動，傷口痛了三天三夜。現在她被病痛囚禁在屋子裡，然後她心裡還是充滿了愛和歡愉，以及對生命的謳歌。

爲什麼？難道沒有情緒低落的時候嗎？

「很少，很少，我從來沒有把自己當作病人，在我還能勉強走動的時候，我照常幫忙做家事，不認爲自己是個病人，要享受被照顧的特權。家人也不因爲我是病人，就特別對我小心翼翼，所以我有正常的、健康的心理。奇怪的是有些四肢健全的人，還找到山上來對我訴苦，他們居然也不把我當病人。」

很多年輕人常常因爲不了解生命的意義而苦悶、煩惱，那麼杏林子對生命的看法又是怎樣呢？

「我剛剛得病的時候，對生命充滿了痛苦的懷疑，幾乎拿不定主意要不要活下去。現在我覺得生命像泉水一樣，用得多，湧現的也多。每天早晨起來，我就覺得自己像個聚寶盆似的永遠也用不完生命的活力。」

杏林子的《生之歌》，封面就是奔湧的泉水，衝過崎嶇的石塊（**此為初版本之封面設計**），她在〈生命生命〉這篇裡寫著：「雖然肉體的生命短暫，生老病死的過程也往往令人無法捉摸。但是從有限的生命發揮出無限的價值，使我們活得更爲光彩有力，卻在於我們自己掌握。」

五十四年到五十六年，她在還可以行動的時候，曾經在傷殘重建中心和南機場社區替傷殘服務，因爲她自己是個好例子，很多傷殘者因爲她的鼓勵而重新振作起來。

長年躺在床上，有什麼娛樂和消遣呢？

「我愛好戲劇，更幸運的是爸爸媽媽也愛。還能走動的時候，爸媽常常帶我去看話劇和電影。那時父親的薪水每月不過一千多元，但是他捨得花錢買一百塊錢一張的話劇票。現在我愛聽音樂，看電視長片和好的影集。」

聽說杏林子現在住的房子，是她姊姊買給她的，她們這樣手足情深，有沒有什麼特別原因？

「父親是軍人，五個孩子有四個要讀書，一個要看病，我們一家人是在一起受過煎熬的，這種同受艱苦的日子使得彼此的感情更深刻。現在最小的妹妹都大學畢業了，姊姊、弟弟也已成家立業，一家人的感情始終融洽和樂。」

對於明年有沒有什麼計畫呢？

「一家出版社要我替他們審核文藝書籍的稿件。我自己計畫再出一本散文集，寫一個劇本。」

爽朗、堅定、果斷的答覆，實在很難讓人想像是來自一個全身只有百分之十的關節勉強可以活動的年輕女孩所說的話。

杏林子每天都面臨痛苦的挑戰，她在〈挑戰〉這篇文章裡說：「二十多年來，我沒有睡過一天好覺，也無時無刻不在疼痛中。我將痛分成五級，『小痛、中痛、大痛、巨痛、狂痛』，家人常開玩笑地問我：『今天是幾級痛啊？』眞好像報氣象似的。但別人看我臉色紅潤，笑容滿面，何曾有一絲『病容』？只因不斷的挑戰，長期的磨鍊，使我領悟到生病就如打仗，你不怕敵人，敵人自然莫奈你何！」

她是一位痛苦磨難也拿她無可奈何的女鬥士，她的故事也是生命意義最好的詮釋。

——原載《聯合報》「萬象」版

特載（二）

推動搖籃的手

季季

今年四月三十日的下午，中國婦女寫作協會的會員，搭車到景色宜人的新店花園新城聚會郊遊，事前大家都約定「風雨無阻」，因爲她們不僅要在那裡作一年一度的聚會，也同時要去探望住在那裡養病的女作家劉俠。

那天天色陰暗，幾度欲雨還晴，車抵花園新城竟是傾盆大雨。婦協的文友，在常務理事林海音和總幹事劉枋的率領下，冒著大雨到劉俠的家中。劉俠的母親唐綿女士謙虛地向大家道謝，常來劉家陪劉俠談天的嚴友梅和小民女士，笑嘻嘻地朝劉俠的房間喊著：

「劉俠，風雨故人來囉！」

剎那間，劉俠的小小房間就被無數的關愛和友誼擠滿。

身上百分之九十以上的關節都已損壞僵硬的劉俠，直直地坐在床上，朝大家微笑著。長年不見陽光，劉俠有一張孩童般細緻的白皙臉孔，但她的神態卻清朗穩重，眉宇間沒有臥病多年的愁苦；相反的卻充滿了成熟和智慧。她興奮地一一指認文友掛在胸前的名牌，並且說出她曾看過「她」的哪些作品。在這種「以文會友」的時刻，相知的深情，只能經由彼此的眼神溝通。沒有人能和劉俠握手，也沒有人能以「拍拍肩膀」來向她表示感情，因為誰都知道：劉俠的全身關節，差不多已「不堪一擊」了。

熱衷拍照的林海音，「導演」大家在劉家的客廳拍紀念照。一直默默站一旁的唐綿女士，「深知輕重」地幫助劉俠「滑坐」到一張有輪子的椅子上，把她慢慢地推到客廳去。以前劉俠還能自己走路時，總是堅持不坐輪椅，但是每走一步路，都會累得滿頭大汗，因此她在作品中曾說：「別人的一小步，往往是我的一大步。即使臥室到吃飯間短短不到五尺的距離，也要耗去我十幾分鐘的時間。」

如今，連這樣艱辛走路的機會也沒有了，但是劉俠神清氣爽，微笑依舊。拍照之後，她喜孜孜地說著她最近完成的新作。一位近年已不常寫作的文友，忍不住感動地說：「啊！在妳的面前，我感到慚愧！」另一個也做了母親的文友則對唐綿女士說：「在劉伯母的面前，我們也感到慚愧！」因爲劉俠臥病二十四年來，劉伯母一直無微不至地照顧著她的生活起居；幫她洗臉、刷牙、梳頭、換衣、洗澡、餵藥……。這些生活細節，在別人看來是十分麻煩瑣碎的，但是唐綿女士卻堅強地笑著說：「我沒什麼，我已經習慣了。」

劉俠在〈母親的手〉裡曾這麼寫著：「年輕時，母親是運動場上的三鐵健將，練就她一雙孔武有力的大手。十指修長，兩掌寬厚，比許多男人的手都大……別人看我們家永遠的纖塵不染，五個孩子個個潔淨可愛，全是這雙手的功勞。」劉俠患病之後，唐綿女士篤信基督，忙碌之餘，一雙大手常常合掌祈禱，懇求上蒼賜給劉俠更多的勇氣抵抗病痛。

因此，劉俠坦然地寫著：「我知道在每一個黑夜中，每一刻病痛中，每一次淚眼中，都有母親的手在背後支持。」

民國三十一年出生的劉俠，還有一個爲人熟悉的筆名叫「杏林子」：一則紀念她的故鄉陝西省扶風縣杏林鎮；二則感謝罹病生涯中曾關愛她、醫治她的醫生。民國六十五年，劉俠出了第一本散文集《喜樂年年》；去年春天，她又以杏林子之名出版了《生之歌》。她把這本書送給唐綿女士：「願以這本小書，還有我的愛和祝福，送給媽媽，做爲六十歲的生日禮。」她在〈後記〉裡寫道：「我要告訴母親，我並未因病而消極頹喪；爲了她的愛和期望，我會永遠奮鬥努力不懈！我相信母親喜歡這樣的生日禮物。」擁有三女二子（劉俠排行老二）的唐綿女士，看到這份禮物後，曾激動地說：「這是我一生中所有得到過的禮物中最珍貴的一件，它的珍貴，是因爲書裡的每一個字都來得那麼不容易。」

唐女士所說的「不容易」，是指劉俠十指已變形彎曲，寫字艱辛緩慢，但是，了解劉俠的人，都知道它包含著更深刻的意義。劉俠自北投國校畢業後，就因「類風濕關節炎」纏身，不得不停學在家。唐女士除了料理一家七口的生活起居，還得常陪著劉德銘先生帶劉俠四處求醫。為了劉俠的病，中醫、西醫、偏方、祕方、巫醫都試過，迄今也仍不能根治。當時劉俠雖在病痛之中，但求知慾強，唐女士不斷地到鄰居的家中，把一批批的書借回來，等劉俠看完了，又送回去換一批沒看過的回來。如此的循環下去，唐女士常常要走半小時以上才能借到劉俠沒看過的書。後來劉俠的父親認識了一位在圖書館工作的朋友，纔解除了唐女士的「搜書之苦」，難怪劉俠要說：「沒有母親，也沒有今天的我。」

雨漸漸地停了，劉俠不能久坐，文友們起身告辭。劉俠能在病中「常保喜樂心」，讓文友既感動又欣慰。同時，他們也確信：劉俠能這樣堅強，是因為背後有一個比她更堅強的母親。

——原載六十七年五月十四日《聯合報》「萬象」版

特載（三）

生命的歌唱就是一種福音

張拓蕪

對於劉俠和杏林子的大名，我早已久仰；我所「仰」的是她患的那種至今醫學界尚無法確定的一種「類風濕關節炎」的怪病，當時只覺得：這個女娃兒眞可憐！

後來拜讀了她的第二本散文集《生之歌》時，我的觀感完全改變了：「這個女娃兒眞了不起！」後悔那個「可憐」的形容詞用得非常錯誤，非常的不應該，那是對劉俠的一種褻瀆！再之後，我上山去看她，先用電話聯絡，電話裡傳出來那份爽朗的聲音，使我不敢相信她就是病了廿幾年的劉俠，不得不一再地問：「妳就是劉俠嗎？」是的，她就是不折不扣如假包換的那個劉俠。

我發願要去看她，一是爲她的精美文章所感動、所折服，我不敢相信這種文筆老辣的篇章是出自一位僅小學畢業，完全靠自我進修、自我奮發的「弱女子」之手；同時我想見見這位慕名已久的堅強的女鬥士的廬山眞面目。

在朋友中，我算得是個滿強的人；但一比起劉俠的樂觀、堅強，我根本就算不了什麼了。她的外表是瘦瘦弱弱的，體重絕不超過五十公斤；而我是矮冬瓜。但外在的體形和內在堅韌的生命力是呈反比例的，在劉俠面前，我這體重達七十公斤的噸位，卻成了《小人國遊記》中的小人兒。

從她的文章中知道，劉俠是個閒不住的人，在病情稍輕的時候，她僕僕風塵於醫院、育幼院和教堂之間，傳她如何放鬆心情以及如何打擊魔鬼的福音。老實說，她所傳福音的對象中，絕大多數的病情都比她輕；但劉俠比一般病人有信心、有決心、有愛心，雖然她自己全身百分之九十的關節全壞了，腿不能彎，肘不能抬，手不能舉，指不能彎，頸不能扭轉，痛起來的時候分爲五級，到大痛狂痛的時候，簡直像要生生拆散她的每一根骨頭！但是她仍然默默地抵抗，奮力地在搏鬥、掙扎。稍輕的時候，她就把這些抵抗、奮鬥的決心、信心告訴有病痛的人。在這個時候，她完全忘記了她自己是個病人，此無他，因爲她有滿懷的愛心，她恨不得人世上所有的病痛、焦慮、憂愁都化爲烏有！

她有杜工部那種「安得廣廈千萬間，大庇天下寒士俱歡顏」的偉大胸襟，雖然杜老先生自己也祇有三楹草堂。

杜甫是人間詩人，劉俠是人間散文家，前者關心天下的寒士，後者關心天下的病人，目標群眾雖有異，但關懷與愛心則是殊途同歸的。

劉俠的文筆是絕頂的，不是那種又濃又豔的粧扮，她是本本色色樸實無華的。古人說文如其人，唯劉俠當之無愧。有的人生成一副小嗓，偏要作黃鐘大呂黑頭式的吼唱；有的人本是個土老憨，偏偏學那種洋腔洋調，彆扭得教人受不了！劉俠就用她的平平實實生命，唱她平平實實的生之歌。

《杏林小記》篇幅都不長，和《生之歌》一樣，每篇不過五、七百字，上千字的不多；雖名「小記」，說的都是人生中的大道理，這種道理看來無啥稀奇，卻足以警頑立懦，振聾發聵。奮發向上的人應該人手一冊；渾渾噩噩、心智不健全的人更應該好好讀。後者讀了可以使自己「健」、「立」起來，前者讀了則會更奮發、更向上、更健康！

劉俠是個整日笑口常開的人，她不會板起面孔跟你說大道理，但大道理就在裡面。你循著一篇篇短小精悍的醫院中的小事情，就可以發現生命的大道理，進而認識生命、尊重生命、肯定生命！

劉俠唱著她的生之歌，用她的全生命，用她的平實、拙樸的本嗓唱著；而對我們讀者來說，那不僅是一首歌而已，那是福音！

本書相關評論索引

評論文章	評論者	原載處	原載日期
生命的歌唱就是一種福音	張拓蕪	中央日報	一九七九年二月十五日
推介《杏林小記》	小民	中華日報	一九七九年三月五日
劉俠的新果	魯艾	台灣新生報	一九七九年四月十日
不惑的天眞人——劉俠推出《杏林小記》	南林	愛書人	一九七九年五月
令人奮發向上的書——我讀劉俠《杏林小記》的感動	黃忠慎	中華日報	一九七九年五月三十一日

探病最好的禮物——評介劉俠著《杏林小記》	吳涵碧	中華日報	一九七九年六月八日
我讀《杏林小記》	周　瑗	中華日報	一九七九年八月十七日
從病床上到領獎台——評介《杏林小記》	愷　扉	書評書目	一九八〇年一月
生即是戰鬥	羊　牧	明道文藝	一九八〇年三月
鼓舞人心向上的強者——《杏林小記》讀後	柯錦鋒	中華日報	一九八〇年六月十八日
杏林春暖，《杏林小記》中的勇氣和信心	王開平	台灣新生報	一九八一年五月七日
杏林子的啓示	鐘友聯	中華日報	一九八五年十一月二十一日
杏林小記	林淑如	翰海觀潮	一九九七年五月

杏林小記

國家圖書館出版品預行編目（CIP）資料

杏林小記／杏林子著. -- 暢銷30萬冊紀念版.
-- 臺北市：九歌, 2019.11
面；　公分. --（杏林子作品；12）
ISBN　978-986-450-265-3(平裝)

863.55　　108016715

作　　者——杏林子
責任編輯——張晶惠
創 辦 人——蔡文甫
發 行 人——蔡澤玉
出　　版——九歌出版社有限公司
台北市105八德路3段12巷57弄40號
電話／02-25776564・傳真／02-25789205
郵政劃撥／0112295-1

九歌文學網　www.chiuko.com.tw

印　　刷——晨捷印製股份有限公司
法律顧問——龍躍天律師・蕭雄淋律師・董安丹律師
初　　版——1979年3月10日
暢銷30萬冊紀念版——2019年11月
暢銷30萬冊紀念版4印——2024年3月
定　　價——260元
書　　號——0110312
I S B N——978-986-450-265-3（平裝）